安徽高校人文社会科学研究项目（SK2018A0313）
安庆师范大学学术著作出版基金　资助出版

《尤利西斯》中思维风格的认知翻译研究

陈水生　著

中国科学技术大学出版社

内容简介

本书以小说《尤利西斯》为个案,围绕"思维风格"这一认知文体学的核心概念,从概念隐喻、句法形式、语言象似性和叙事话语等不同层面分析了小说中不同人物和叙事者的思维风格,比较了现有两个汉语译本在思维风格翻译上的得失,并提出可能的改译思路,为文学翻译的理论和实践提供了一个新的描写框架和批评途径。

本书既可供英语专业的学生学习使用,也可供有兴趣的读者阅读。

图书在版编目(CIP)数据

《尤利西斯》中思维风格的认知翻译研究/陈水生著. —合肥:中国科学技术大学出版社,2021.8

ISBN 978-7-312-05194-4

Ⅰ. 尤… Ⅱ. 陈… Ⅲ.《尤利西斯》—认知语言学—翻译学—研究 Ⅳ. ① I562.074 ② H315.9

中国版本图书馆CIP数据核字(2021)第107357号

《尤利西斯》中思维风格的认知翻译研究
YOULI XISI ZHONG SIWEI FENGGE DE RENZHI FANYI YANJIU

出版	中国科学技术大学出版社 安徽省合肥市金寨路96号,230026 http://press.ustc.edu.cn https://zgkxjsdxcbs.tmall.com
印刷	合肥市宏基印刷有限公司
发行	中国科学技术大学出版社
经销	全国新华书店
开本	710 mm×1000 mm　1/16
印张	9.25
字数	166千
版次	2021年8月第1版
印次	2021年8月第1次印刷
定价	40.00元

前　言

近几十年来,随着认知科学的发展,一些认知叙事学者开始结合认知理论进行小说叙事研究,关注文本世界中对人物思维的叙述和表征,认为叙事文学的本质在于呈现虚构思维(fictional mind)。与此同时,"思维风格"(mind style)一词也逐渐成为认知叙事学和认知文体学共同关注的一个核心概念。思维风格是指文学作品中个人思维的独特的语言表征,被用来分析文本语言所体现的作者、人物或叙事者的思维或心理特征,包括思想、认知、意识、情感、态度等方面。自21世纪初以来,这一概念还被少数学者运用到翻译研究中,为翻译文体学研究提供了一个独特的理论视角。

基于认知语言学、认知文体学和认知叙事学的相关理论和现有研究成果,本书以《尤利西斯》(Ulysses)这部重在表现人物心理的意识流小说为个案,结合英、汉语言和思维的比较,尝试对该小说中语言表达所体现的思维风格进行分析,通过比较现有的两个汉语全译本在思维风格翻译上的得失,为部分译例提出可能的改译思路,努力为文学风格翻译的理论和实践提供一条新的描写和批评途径。

本书共六章:

第1章为引言,主要介绍了"虚构思维"研究的概况和"思维风格"的研究价值,以及本书的研究对象、研究问题、研究意义和研究方法。

第2章为文献综述,分析了文体学中"风格"观的演变和"思维风格"概念提出的理论背景;重点梳理了认知文体学和翻译研究中现有的"思维风格"研究,概括了现有文献的研究内容、分析方法和重要结论;最后简单介绍了《尤利西斯》汉译及其研究的概况。

第3章在简要回顾语言与思维之间关系的讨论之后,引入构式语法和概念隐喻理论,运用英、汉语料库对英、汉语言构式的个案进行对比研究,指出两者在构式倾向性和隐喻思维上存在的差异。

第4章结合概念图式理论提出了思维风格翻译的假设,认为思维风格翻译是要再现原文偏离常规概念图式所产生的诗学效果,并以《尤利西斯》中非人称主语的翻译为例,指出非人称主语和谓语动词之间常常构成概念隐喻,具有一定的诗学效果,这种非人称主语句在文学作品中的一再出现常常体现了作者、小说人物或叙事者的思维风格,因此需要在译文中得到再现。

第5章进一步关注语言形式,基于语言象似性理论分别从语音、拼写和句法三个层面讨论了《尤利西斯》中语言表达形式所体现的思维风格及其翻译问题。

第6章主要讨论小说叙事形式与思维风格的翻译。在简要介绍叙事学核心概念的基础上,讨论叙事视角与思维风格之间的关系,然后从复调叙事、意识流和小说人物的思维风格三个角度分析了《尤利西斯》中不合语法的语言表达形式对思维风格翻译的意义和挑战。

当代认知语言学主将Lakoff和Johnson曾将认知科学的主要发现归结为三点:① 思维本质上具有体验性;② 思维几乎是无意识的;③ 抽象概念大多为隐喻性的。这三点也是本书主体部分展开的主线。具体而言,第3章和第4章都涉及思维的隐喻性,但侧重点不同,第3章主要基于语料库揭示英、汉两种语言在隐喻思维上的差异及其对思维风格翻译的影响,而第4章侧重分析《尤利西斯》中非人称主语构式中的隐喻所体现的思维风格及其翻译问题。第5章涉及思维的体验性,强调语言形式同语义概念一样,都是基于人体的基本体验的,因而具有一定的理据性,即象似性。第6章涉及思维的无意识性,分析了不合语法的叙事语言所体现的前语言状态的深层意识及其翻译。

基于认知文体学等理论,本书不仅关注语言的意义,而且更加关注语言的表达形式,分析了《尤利西斯》中语言的形式与意义之间的互动所呈现出来的作者、人物或叙事者的思维风格,强调思维风格的翻译旨在重构原文的语言表达所产生的诗学效果,属于认知视角下翻译文体学研究的新探索,希望能促进认知翻译研究的发展。

陈水生

2021年1月

目 录

前言 ... i

第1章 引言 ... 001
1.1 虚构的思维 ... 003
1.2 "思维风格"概念的厘定 ... 004
1.3 小说中思维风格的价值 ... 006
1.4 研究对象、研究问题、研究意义和研究方法 ... 007
1.4.1 研究对象 ... 007
1.4.2 研究问题 ... 008
1.4.3 研究意义 ... 008
1.4.4 研究方法 ... 009

第2章 文献综述 ... 010
2.1 文体学中"风格"观的演变 ... 011
2.1.1 传统译论中的风格观 ... 011
2.1.2 文学文体学的风格观 ... 012
2.1.3 思维风格的"无名之始" ... 013
2.2 文体学视角下的思维风格研究 ... 014
2.2.1 思维风格的语言学分析 ... 015
2.2.2 思维风格的认知文体学研究 ... 017
2.3 文体学视角下的风格翻译研究 ... 020
2.3.1 一般文体学视角下的风格翻译研究 ... 021
2.3.2 认知文体学视角下的风格翻译研究 ... 022
2.4 《尤利西斯》的汉译及相关研究 ... 025

第3章 思维风格表征之语言构式及其翻译 ... 027
3.1 语言与思维 ... 028
3.2 语言构式与概念隐喻的比较与翻译 ... 030
3.2.1 英、汉"微笑"构式的比较 ... 032
3.2.2 "微笑"构式中的动词性隐喻比较 ... 034

  3.2.3 英、汉"微笑"构式的承继和演变比较 ································· 041
  3.2.4 "微笑"构式中思维风格的翻译 ································· 045
 3.3 小结 ································· 050

第4章 思维风格表征之非人称主语及其翻译 ································· 055
 4.1 思维风格翻译的基本假设 ································· 056
 4.2 非人称主语：思维方式与诗学倾向 ································· 060
 4.3 非人称主语与思维风格 ································· 064
 4.4 《尤利西斯》中非人称主语与思维风格的重构 ································· 065
 4.5 小结 ································· 072

第5章 思维风格表征之语言形式及其翻译 ································· 073
 5.1 象似性理论的主要概念 ································· 076
 5.2 语言象似性与思维风格 ································· 078
 5.3 《尤利西斯》中语言象似性与思维风格的翻译 ································· 082
  5.3.1 语音象似性 ································· 083
  5.3.2 视觉象似性 ································· 098
  5.3.3 句法象似性 ································· 102
 5.4 小结 ································· 110

第6章 思维风格表征之叙事视角及其翻译 ································· 111
 6.1 叙事视角 ································· 112
 6.2 叙事视角与思维风格 ································· 113
 6.3 《尤利西斯》的叙事视角和思维风格的翻译 ································· 115
  6.3.1 复调叙事 ································· 116
  6.3.2 意识流 ································· 121
  6.3.3 叙事视角与人物的思维风格 ································· 123
 6.4 小结 ································· 127

参考文献 ································· 128

后记 ································· 141

第1章

引 言

对人类思维的好奇似乎是一个亘古就有的自然情结。据说,古希腊神话中的讽刺之神摩墨斯(Momus)曾指责过火神伏尔坎(Vulcan),责怪他创造人的形体时不在人的胸前安置一个窗口,以便观察人的内心思维和感受(Cohn,1978)[3]。也许讽刺之神的指责有点"事后诸葛亮"之嫌,但无疑代表着人类从古至今的一个普遍愿望,那就是希望了解人类心灵或大脑中的"黑匣子",以认识和把握人的内心世界。由于内心活动寓于体内,不能直观地加以认识和了解,所以在古代神话的朴素想象中,在胸前安置窗口自然就成了观察内心世界的最直截了当的方法。当然,随着科学技术的进步,人们早已认识到人的思维器官不是心脏,而是大脑,因此古代神话也就有了当代的"科幻版"。在2015年获得世界最高科幻奖雨果奖最佳长篇故事奖的小说《三体》中,作家刘慈欣所描述的三体星系的居民就有着神话想象中的透明思维,能够直接观察彼此的内心世界,不过他们的交流方式与现代人类不同,而是近乎古代神话中的想象:"三体人"通过脑电波向外界显示自己的思维,他们大脑中的思维和记忆都能被外界一览无余,因此所交流的一切都是真实的,没有谎言和欺骗,也没有计谋和伪装。

上述文学故事,看似天马行空、漫无边际的想象,其实无不折射出人类对"透明"思维的好奇和向往,以及对作为思维媒介的语言的不信任。无论是古代神话中提出的"开窗方案",还是现代科幻作品中外星人大脑的"特殊进化",似乎都希望绕开语言媒介而直达内心。这种对语言的不信任在对"三体"文明的描写中表现得尤为明显。作为文明进化程度更高的生物,他们的思维器官就是交流器官,不需要经过发音器官的中介,所思即所"说";他们的交流不需要语言的媒介,也就没有了语言的伪装和欺骗。这种观点倒与古希腊时期的一些哲学家的观点相契合。例如,柏拉图和亚里士多德等,他们认为思维的范畴决定语言的范畴,因此将语言视为思维的外表和装饰物。既然语言只是包裹思维的外衣,那么接近思维内核的最便捷的途径自然就是剥除语言这个华而不实的外壳了。然而,思维真的能离开语言吗?语言与思维之间到底有着怎样的关系?在翻译这种跨语言文化的交流中,不同语言之间的思维方式的差异又扮演着怎样的角色呢?在文学翻译中,尤其是意识流这类现代主义小说的翻译中,作家表现人物内心思维的语言技法又会给文学风格翻译带来怎样的刺激和挑战呢?

上述问题的实质就是语言与思维之间的关系。这对关系至少包含两个方面的内容:一个是语言与人的思维之间的相互影响,另一个是语言对人的思维的表征和描写。前者涉及语言与思维的一般关系,是一个根本的哲学问题,很多哲学家、人类学家、心理学家以及语言学家都曾有过积极的探索,并随着认知科学的发展掀起了新的研究高潮;后者涉及语言的基本功能,是一个重要的语言学和文体学问题,会促使人们对语言和文学的一些本质属性进行重新思考。毫无疑问,无论是语言与思维的相互影响,还是语言对思维的表征和描写,都是重要的理论问题,可以从不同的角度进行探讨。本书将从文学翻译的角度出发,以意识流小说的代表作《尤利西斯》为个案,围绕认知文体学和认知叙事学中的"思维风格"这一概念来探讨文学风格翻译中语言表达与思维风格的关系问题,为文学翻译提供一个新的批评视角,同时试图揭示小说、思维、翻译之间的深层联系。

1.1 虚构的思维

近几十年来,随着由心智哲学、人工智能、认知心理学、认知语言学等学科汇集而成的"认知科学"(cognitive sciences)的发展,对人的大脑或思维问题的关注已经成为我们这个时代的一个明显特征。认知语言学家 Turner(1991)[vii]在20世纪末就曾预言"这个即将到来的那个时代,我相信,将因为人的思维被发现而被了解和铭记",即对人的真实思维的研究。与此同时,在文学研究领域也出现了大量对叙事文学作品中"虚构思维"(fictional mind)[①]的研究,重点关注文本语言中所描述或所揭示的人物的思维特征。

现代主义小说的兴起,是虚构思维的艺术手法发展的一个转折点(Herman,2011)[243]。普鲁斯特、乔伊斯、伍尔芙和福克纳等人创作的意识流小说,在"二战"后产生了广泛的影响,使文学批评界开始关注小说中人物心理和意识的表现手法。这方面的奠基之作当属美国比较文学学者 Cohn(1978)的《透明的思维:小说中呈现意识的叙述模式》一书。Cohn 分析了小说中表现人物内心世界的不同叙事手法,认为小说的独特魅力在于能够揭示人的心理意识。与 Cohn 聚焦于人物的言语和思维的表达不同,在另一本影响广泛的著作《虚构思维》中,英国学者 Palmer 明确指出,"思维"一词不单指"思想"(thought)或"意识"(consciousness),而且"包含了我们内在生活的所有方面:不仅是认知和知觉,还有性情、感情、信念和情绪"(Cohn,2004)[19]。Palmer 认为,小说的本质在于"呈现虚构的思维功能","理论家的任务也在于揭示这种现象的不同研究和分析方法"(Palmer,2004)[5]。另一本代表性著作是当代认知叙事学的主将

[①] 对真实思维和虚构思维采用笛卡儿式的二分法,仅为了认识和叙述的方便,两者之间并非想象的那样界限分明,诚如 Raymond W. Gibbs 的《思维的诗学》(1994)和 Mark Turner 的《文学的思维》(1996)所认为的那样,人的心智思维本身就具有文学性。

Herman(2011)主编的《思维的呈现》,该书对1300多年来英语叙事文学中再现思维的叙事形式和倾向性进行了系统的梳理,书中提及的9位作者都采用了个案分析的方法来揭示叙事和思维的互动及其历史变迁。除此之外,Banfield(1982)、Dancygier(2011)、Hogan(2013)、Herman(2003,2013)等都从叙事学的视角讨论了虚构思维。

综上所述,正如Herman所言,虚构思维研究始于对意识流等心理现实主义小说的叙事手法的关注,研究内容可以拓展到作品中人物的全部思维活动中,其研究范围可包含1300多年来的英语叙事文学。

1.2 "思维风格"概念的厘定

在叙事学界对虚构思维进行研究的同时,文体学家也开始关注一个全新的话题,即小说中的"mind style"(思维风格)[①],并且使该概念逐渐成为文体学和叙事学共同关心的话题[②]。在《语言学与小说》(1977)中,英国文体学家Fowler最早提出"思维风格"的概念,认为小说中"一致的结构选择累积起来,会把呈现的世界划分成这样或那样的模式,于是产生了世界观的印象,称之为'思维风格'"(Fowler, 1977)[76]。在该书的后面章节,Fowler对这个概念进行了进一步的拓展,将其定义为"个人的心理自我(mental self)的任何独特的语言表征",认为可以用来分析人物的内心生活和思维的各个方面,表现人物的思维结构和顺序,以及呈现人物思考的主题或展示其世界观的方方面面等(Fowler, 1977)[103]。在后来的另一本著作《语言学批评》中,Fowler仍然用"world-view"(世界观)的概念来定义"思维风格",即"作者、叙述者或人物的世界观,由文本的概念结构组成",等同于"意识形态视角"(Fowler, 1996)[214]。在该书中,也对意识形态视角进行了明确定义,即叙事文本中"文本语言所表达的系列价值观或信念系统"(Fowler, 1996)[165]。可见,作为该概念的首创者,Fowler使用了两个大小范畴

---

① 目前国内学者,如刘世生、曹金梅(2006),申丹、王亚丽(2010),唐伟胜(2013)等都将"mind style"译为"思维风格";为了保持译名的统一,本书遵从前译。但必须指出的是,虽然"思维风格"主要指人的思维,但同时包含人的心智的其他各个方面,如知觉、感情、性情等。

② David Herman等主编的《劳特里奇叙事理论大全》中,收录了申丹教授撰写的"思维风格"的专条(David Herman, et al, 2005)[311-312];此前在Katie Wales编写的《文体学词典》(1989)中"思维风格"也作为专条列出。

不同的"思维风格"的定义,即"心理自我"和"世界观",并结合案例对两者进行了比较系统的分析。

在《小说文体论》中,Leech和Short用一章的篇幅专门讨论了"思维风格",并将其定义为"world-view"(世界观),即"理解或概念化世界的方式"(Leech, Short, 1981)[187]。他们认为,"思维风格"可以理解为文本的普遍属性,能够用于所有文本的分析,因为"作家的风格总能揭示其体验和阐释事物的习惯性方式",其作品会"使我们偏向一个特定的思维构造"(Leech, Short, 1981)[188]。Leech和Short指出,作家再现的世界总会偏离通常意义上的现实,"不存在一种完全中立的和客观的写作"(Leech, Short, 1981)[188];并根据作品中思维风格的不同偏离程度,将其分为正常、不常见和特别不常见等几种类型,认为一致性的语言选择显示了人物或叙事者的认知习惯或认知缺陷,其语言表达可能会产生诗学效果。总之,在他们看来,思维风格不仅可以揭示一个作家的写作风格,也可以用来具体分析一部作品中某个人物或叙事者的认知习惯,还可以精细到非常局部的描写,甚至单个句子的思维风格的分析。

和以上文体学家略有不同,认知文体学家们更加关注的是思维风格概念中的"心理自我"的含义及其解释力。在《思维风格:福克纳小说人物刻画的跨学科研究》一文中,Bockting认为,语言在被用来进行信息交流的同时总会表现出说话者的世界观,而个人世界观的某些比较稳定的方面则表现了个人的个性(personality),即"个人独特的观察一个共有的世界的方式",或者说"个人的感知风格"(style of perceiving)(Bockting, 1994)[158]。因此,Bockting提出了"心理文体学"(psychostytistics),即用文体学与叙事心理学以及病理学相结合的方法来研究小说人物的心理,并具体分析了福克纳的名著《喧嚣与骚动》中,Compson兄弟三人病态的心理特征。此外,在《思维风格25年来的发展》一文中,Semino对"思维风格"概念进行了比较全面的分析。他指出,与意识形态相比,思维风格描述的是更个人化的认知方面,强调的是小说中个人的心理过程,包括思维、记忆、意图、欲望、评价、感情、情绪等,相当于Margolin提出的"认知风格"概念,即"信息处理方式上的特定倾向,构成了认知和个性的接面"(Margolin, 2007)[4]。著名认知文体学家Stockwell也持类似观点,认为世界观是集体的视角,而思维风格更多的是个人的视角;但他同时指出,由于个人视角总是受到文化、政治等的影响,实际上与集体视角往往很难区分,因此在理论上"可以将思维风格定义为所呈现的高度变异的或至少是非常不常见的世界观"(Stockwell, 2009)[125]。

Boase-Beier是国际上较早讨论思维风格的翻译学者,她从认知的角度对思维风格进行了具体的阐释。她认为,文本中的风格是作者有意或无意的一系列选择的结果,而选择的背后总体现着作者的认知状态,因此她将"思维风格定义为反映了认知状态的语言风格,尤其是具有鲜明的和显著的文本特征的语言风格"(Boase-Beier, 2003)[254]。在随后的著作《翻译文体学研究》中,Boase-Beier进一步解释了思维风格所体现的不同层面的认知状态,包括"所受到的意识形态的影响、所采取的态度或所体现的特定的情感"(Boase-Beier, 2006)[79-80]。在另一部著作《翻译研究批评性导论》中,Boase-Beier基于认知文体学对风格概念进行了重新审视,指出"风格是个认知概念,而不仅仅是个语言概念。因此,翻译风格就是翻译诗学效果、会话含义、思维状态和态度等"(Boase-Beier, 2011)[81]。在文本阅读中,"读者所体验的也不仅仅是文体效果,而是诗学效果,具有认知特性,即作用于思维和想象所产生的效果"。因此,她强调"风格,换而言之,总是思维风格","所有的风格都表征了文本背后的思维","既可以是独特的个人的思维,如Fowler所言的'心理自我',也可以是常规的集体思维,即Fowler所言的'世界观'"(Boase-Beier 2011)[86]。但在具体案例分析中,Boase-Beier则和其他认知文体学家一样,主要分析了文本中所体现的个人的思维风格。

由此观之,思维风格虽然可以从集体和个人这两个不同的层面来进行理论分析,但认知视角下的相关研究(包括认知文体学和认知翻译研究)都强调将思维风格视为个人的心理或认知状态的语言表征,因此本书也将在这个意义上使用"思维风格"这一概念,将其视为文学作品中体现作者、人物或叙事者思维的独特的语言表征,包括他们的思想、认知、意识、情感、态度等不同心理层面。同时,为了叙述方便,本书将语言或文本中体现的"常规的集体思维"也称为思维方式。虽然诚如前面Stockwell所言,在实际操作中,很难将个人的思维风格与集体的思维方式进行明确区分,但在概念上,这种区分有助于明确本书所关注的重点不是文本中体现的常规的思维方式,而是偏离常规的思维风格。

1.3 小说中思维风格的价值

任何文本的语言总会呈现出一定的思维风格,而小说文本中人物或叙事者的思维风格无疑是最丰富和最鲜明的。Semino曾指出,"阅读小说的主要吸引力之一就是让我们能够深切体验成为另一个人的感觉,去做、去感受、去思考那些我们自己个人经历中所没有的事物"(Semino, 2007)[155]。因此,对人物内心思维的体验无疑构成了小说阅读的主要魅力之一。对于广大读者而言,我们关于人的内心世界的了解,总是从小说中获得更多的知识,而不是从科学的心理学中等。这一点尤其体现在现代小说中,因为对于现代作家而言,一个普遍的写作主题便是表现人物的内心世界。伍尔芙在《现代小说》一文中曾发出这样的号召:"考察一下在一个普通的日子里一个普通的心灵吧。它接纳了千千万万个印象——琐碎的、奇异的、转瞬即逝的或用利刀镂刻在心头的印象。它们像无数的原子一样从四面八方纷至沓来……"(Woolf, 1986)[1999]James在《小说的艺术》一文中也同样指出:"小说的成功取决于在多大程度上成功地揭示一个特殊心灵与众不同之处。"(James, 1985)[434]这种对人物心灵的探索,不仅体现了现代小说写作内容的向内转变,也激发了小说写作艺术的蜕变,造就了现代小说史上许多新的艺术高峰,同时催生了小说叙事技巧上的新突破。热奈特(Genette)曾明确指出:"现代小说求解放的康庄大道之一是把话语模仿推向极限,抹掉叙述主体的最后标记,一上来就让人物讲话……(内心独白的)关键问题不在于话语是内心的,而在于他一上来(从一开卷)就摆脱了一切叙述模式,一上场就占据了前'台'。"(热奈特,1990)[115-116]由此可见,对于现代小说,尤其是意识流小说而言,人物的思维风格的刻画是构成小说主题和艺术手法的不可或缺的重要方面,因而也理应成为文学翻译研究需要关注的重要问题。

1.4 研究对象、研究问题、研究意义和研究方法

1.4.1

之所以选择《尤利西斯》作为本书的研究对象,一方面是因为《尤利西斯》本身具有不可替代的文学价值和经典地位:在美国兰登书屋《现代丛书》编辑委员会评出的20世纪100本最佳英语小说中,《尤利西斯》名列榜首,后来又被英国水石书店评为对21世纪最具影响的文学作品;另一方面则是因为"人物的思维风格在使用内心独白和意识流手法的作品中表现得最为突出"(Wales, 2001)[301]。《尤利西斯》作为世界文学名著,同时也是意识流小说的巅峰之作,自然是研究思维风格的理想选择。此外,自20世纪80年代以来,《尤利西斯》在

中国先后出现了两个广为人知的全译本,即金隄的独译本(简称金译)和萧乾、文洁若夫妇的合译本(简称萧译),影响很大,也为《尤利西斯》思维风格的翻译研究提供了客观条件。

1.4.2 研究问题

由于使用了大量独特的表达形式和叙事技巧,《尤利西斯》自出版以来受到文艺界的广泛关注,出现了大量文学、语言学和翻译等视角下的相关研究著述。但和以往研究不同,本书将结合最新的认知文体学和叙事学的相关理论,探索《尤利西斯》中的思维风格及其在翻译中的再创造问题。对《尤利西斯》中思维风格问题的探索至少会涉及以下三个具体问题:

(1)原文中表现思维风格的语言形式有哪些?
(2)这些语言形式体现了怎样的思维风格?
(3)现有的两个译本在再现原文思维风格方面具有怎样的优点或不足?

1.4.3 研究意义

本书对《尤利西斯》中思维风格翻译问题的探讨,通过思维风格概念将文本特征的阐释与小说作者或人物的思维和心理特征结合了起来,为文学风格的翻译和翻译批评提供了一个新的独特的理论视角。其次,思维风格是小说文本作用于读者的主要阅读效果之一,也是小说尤其是意识流小说的一个重要的表现主题,本书对思维风格翻译的研究也为文学翻译和翻译批评提供了一个重要的考察内容和评价标准。此外,由于思维风格概念本身具有很强的认知倾向,能够为翻译研究与广泛的认知科学之间的结合提供一个自然的"通道",尤其是能够促进翻译研究对认知语言学、认知文体学、认知叙事学等学科的理论成果的汲取和运用,因此本书的研究有利于促进认知翻译研究的蓬勃发展。

以上是思维风格翻译研究的普遍的理论意义,结合《尤利西斯》这个个案而言,本书的研究意义主要还有以下两个方面:

一是本书比较系统地比较了《尤利西斯》的原文和译文在思维风格表现方面的异同,描写了表现思维风格的不同语言层面的文本特征,揭示了思维风格产生的阅读效果和翻译困难。

二是本书比较了《尤利西斯》这本意识流小说的主要语言和叙事技巧及其在译文中的变化,分析了叙事的语言形式所体现的思维风格及其翻译困难,强调了文学翻译研究中认知文体学与认知叙事学相结合的必要性。

1.4.4 研究方法

本书基于认知语言学、认知文体学和认知叙事学理论,主要在语料库和文本细读的基础上,采用比较分析法。在相关的认知理论的指导下,本书将首先分析原文呈现的思维风格及其文本特征,再比较译文与原文之间的异同,重点分析译文与原文以及译文之间的不同之处,揭示思维风格产生的语言形式、背后的认知机制以及带给翻译的挑战。

第 2 章
文献综述

语言的思维风格是一个比较复杂的概念,主要涉及语言与思维以及语言与风格这两个核心关系。本章首先梳理了文体学中"风格"观的演变,以揭示思维风格概念提出的理论背景;然后对文体学视角下现有的思维风格研究进行了梳理,重点分析了现有文献的研究内容、分析方法和重要结论;最后对文体学视角下风格翻译研究的现有成果进行了评价,重点梳理了认知视角下的思维风格翻译研究,并简单介绍了《尤利西斯》汉译研究的概况。

2.1 文体学中"风格"观的演变

"风格"(style)是个古老的概念,两千多年来一直承载了太多的含义,不但中国与西方的含义不同,古人与今人的说法也有变化。本节将从中西方传统译论中的"风格"概念开始,梳理文学风格概念内涵的演变,从而把握"思维风格"概念提出的理论背景。

2.1.1 传统译论中的风格观

我们先看传统翻译讨论中对"风格是什么"这一问题的基本观点。按其对风格的认识,大致可以分为以下三类:

1. 风格是语言的属性

例如,在西方,Ciceo强调保持希腊原文"语言的风格和力量"(Robinson, 2006)[9];Dolet指出,好的翻译传达"语言的优雅"(Robinson, 2006)[96]。在中国,道安的"辞趣"、鸠摩罗什的"语趣"、严复的"雅"、林语堂的"美"等概念,也都涉及从语言的角度来理解风格。

2. 风格是作者的精神

正如Buffon的名言"风格即其人",一些译者常将文学风格与原文作者的精神相联系,例如,Dryden强调,保持原文作者"思维和表达上特定的模式"(Robinson, 2006)[173];Peletier du Man认为,作者的"精神和目的常常与他的风格和选择密切相关"(Lefevere, 1992)[53];Schleiermacher也认为,语言反映了说话者的心智,翻译时应关注作者"特有的思维和感知方式"(Schulte, Biguenet, 1992)[39]。傅雷的"神似"说认为,"理想的译文仿佛是原文作者的中文写作"(罗新璋,2009)[624],钱钟书的"化境"说则强调让原文的"精神姿致依然故我";显然,"神似"说中的"神"指的是"原文作者"的"神",同样"化境"中的"精神故我"强调的是原文作者("我")的"精神"依然如故。

3. 风格是读者的感受

以上两点是传统翻译观中对风格的主流认识,但也有少数研究者从读者阅读的角度来分析文学风格。例如,曾虚白指出,翻译中的神韵是指"作品给予读者的一种感应"(罗新璋,2009)[484];林语堂的"传神"观认为,翻译"须忠实于原文的字神句气和言外之意"(罗新璋,2009)[500];金岳霖的"译味"说则强调,传达"句子所有的各种情感上的意味"(罗新璋,2009)[550]。

如果稍加斟酌,就会发现以上的"传神"观和"译味"说虽然强调读者对语言的情感体验,但实质上还是从语言的角度来分析风格。再反观前面提到的第一种风格观,所关注的语言的"力量""优雅""趣"和"美"等概念,又何尝不是读者对语言的感受呢?风格观上这种界限模糊的"两可",表面上看起来似乎是分类上的困难,实际却反映了语言风格与读者的感受之间的某种必然联系;Peletier du Man对风格的思考更是综合了语言选择、作者的精神和目的等因素。可见,传统译论对风格与语言、读者、作者之间的联系显然已经有了一些个人印象式的感性经验,但由于缺乏科学系统的理论框架和分析工具,对它们之间的关系没有进行系统的讨论。对风格的深入分析直到文体学在西方兴起以后才取得突破。

2.1.2 文学文体学的风格观

西方的文体研究历史悠久,但严格意义上的文体学在20世纪初才出现,直到20世纪六七十年代以后获得强劲发展。现代文体学的出现始于现代语言学方法在文学研究中的运用,其中俄国形式主义学派以及布拉格学派的贡献功不可没,特别是Jakobson的诗学观、Mukarovsky等人的前景化概念对文学文体学的影响尤为深远。

为了更科学地研究文学,以Jakobson为代表的俄国形式主义学者非常注重文学研究与语言学理论的结合。一方面,语言学方法使文学研究者可以从语音、词素、词汇、语义和句法等各个层面对文本语言进行形式上的描写,为文本的阐释提供坚实的文本基础。另一方面,对文学作品的"文学性"的研究(即Jakobson所说的"使一个文字作品成其为文学作品的东西")也在语言上找到了突破口,这就是语言的"陌生化"。俄国形式主义主将Shklovsky直截了当地指出,只有

"陌生化"的语言才能产生文学性,"艺术之所以存在,就是为使人恢复对生活的感觉,就是为使人感受事物……艺术的技巧在于使对象变得'陌生',使形式变得困难,增加感知的难度和时间长度,因为感知的过程本身就是审美,必须得到延长"(Shklovsky,1965)[12]。在吸收和借鉴陌生化理论的基础上,布拉格学派的Mukarovsky提出了在文体学中后来被运用至今的"前景化"概念。Mukarovsky认为诗歌语言的本质就在于对标准语言的违反,强调"前景化"是"一种具有文学和艺术价值的东西的前景化或从背景中突出的技巧。被突出的特征是对语言的偏离,而背景则是被普遍接受的语言系统。如果把语言看作一套必须遵守的规则,那么'前景化'就是对这套规则的违反,是出于艺术目的的偏离"(Mukarovsky,1970)[45]。

1981年,英国文体学家Leech和Short曾指出,"通常我们研究风格是因为我们想解释什么,所以文学文体学有一个或明或暗的目标,那就是解释语言与艺术功能之间的关系"。以此观之,前述俄国形式主义学者对语言与文学性之间关系的探讨完全可以视为早期文体学视角下对文学风格的研究。与传统的风格观相比,这个时期的风格观具有以下几个明显的特征:首先,对文学风格形成了一些基本的共识,那就是文学语言不同于日常语言,风格是常规的变异,因此是一种比较性或相对性的概念。其次,"陌生化"概念暗含了心理视角下对风格效果的分析,强调读者阅读过程中思维加工所产生的作用,突出了阅读期待被打破时读者对风格产生的主观感受。在"陌生化"理论中,传统风格观中分离的语言属性和读者感受得到了综合考虑,同时揭示了文学风格产生的一个突出的心理机制,即陌生化。另外,最重要的是"前景化"概念的提出,在陌生化理论的基础上又进一步考虑了作者的目的性选择,即"出于艺术目的的偏离"(Mukarovsky,1970)[45]。这其实指出了文学风格分析的另一个核心问题,那就是对偏离常规语言背后的"艺术目的"的追寻。

2.1.3 思维风格的"无名之始"

在随后的文体学的发展中,这种对偏离背后的目的的追寻主要始于Halliday对"风格是常规的变异"这一观念的进一步反思。Halliday(1971)首先区分了"前景化"和"突显"(prominence)这两个概念,认为突显是"语言的高亮现象(highlighting),使得文本语言的一些特征以某种方式得到突显",而前景化是"有理据的(motivated)突显"(Halliday,1971)[339-340]。他认为,无论是数量上还是质量上的突显,都不能成为文学价值判断的标准,因为"一个突显的特征只有与整个文本的意义联系起来"或者说当"其语言功能与我们对作品的阐释相关"时,这个突显才是具有理据的(Halliday,1971)[339]。同时,他指出,仅仅发现语言中的偏离现象是不够的,因为不存在一个普遍的常规,而且对突显特征的观察常常涉及视角的差异问题,在一些情况下"风格也许不是偏离常规而是实现常规"(Halliday,1971)[341]。总之,在Halliday看来,对常规的偏离或文本特征的突显本身都不能作为文学风格的标准,必须在文本与阐释之间"建立一个关联的标准,以展现我们对文本的句法观察和文本在我们身上产生的作用之间的联系"(Halliday,1971)[339]。这个标准就是"将语言模式(语法、词汇甚至是语音的模式)与语言的深层功能(underlying functions)联系起来……"(Halliday,1971)[339]除了语言的"深层功能"以外,Halliday还提出了分析文体时需要考察的另一个重要内容,即文本的"深层主题"(underlying theme)。他认为,传统的区分文本作者的语义选择与句法选择或者区分作者说什么与怎么说的做法,不仅是不现实的,而且是一种误导。句法中同时有"即时论点"(immediate thesis)和"深层主题",文本的效果来自这两个层面的意义之间的互动。(Halliday,1971)[347]那么,这里所说的语言的"深层功能"以及文本的"深层主题"指的是什么呢?Halliday并没有直接给出明确定义,但他在随后对戈尔丁的小说《继承者》这个文本进行具体分析之前表明了自己的观点:"我将考察一个方面的语言资源,这些语言资源首先被用来刻画人们的世界,然后被用来描写世界观改变的效果"(Halliday,1971)[348]。从Halliday后面的文本分析可以看出,这里的"语言资源"指的就是语言的经验意义,这个"深层功能"或"深层主题"指的是对"世界观"的刻画或其变化效果的描写,也就是后来Fowler提出的"思维风格"。

由此可见,"思维风格"概念的提出是文学风格观念的重大发展,是一个对文学风格背后的理据的追寻过程,为文学风格提供了一个特定阐释的方向,即"世界观"的描写。

2.2 文体学视角下的思维风格研究

Halliday不仅提出语言具有刻画人物世界观的功能,而且在具体的个案分析中建立了一个比较系统的语言学分析模式,成为后来文体学家分析思维风格的主要范式之一,对此后的Fowler、Leech和Short都产生了重大影响。

2.2.1 思维风格的语言学分析

Halliday 从语言的概念功能(ideational function)出发,强调指出,"通过这个功能,说话者或作者在语言中体现了他对真实世界中现象的体验;这包括对内心世界自我意识的体验:他的反应、认知和知觉,以及他的说话和理解之类的言语行为"(Halliday,1971)[332]。Halliday 将这种对世界的体验在语言中的表达称为语言的经验意义,是通过语言的及物系统实现的。Halliday 以戈尔丁的小说《继承者》的片段为个案,从英语及物性系统的三个方面,即参与者、过程和附加词(adjuncts)分析了尼安德特尔人(Neanderthal) Lok 的思维风格。Halliday 分析发现,文本中的小句大多只有一个参与者,但用了丰富的环境附加词,小句过程多为描述简单移动的不及物动词,且移动的主体多为非人的物体或人体的某个部位。Halliday 认为,这种语言模式上的一贯选择突显了 Lok 对事物间的因果关系和人类操控环境的能力缺乏认识,揭示了史前人类的认知特点和思维上的局限性。

1. Fowler 对思维风格的探索

受 Halliday 分析小说人物世界观的启发,Fowler 在《语言学与小说》(1977)中正式提出了"思维风格"的概念,并将其定义为"世界观的印象"。他指出,许多社会语言学家认为,个人观察"现实"的习惯性视角是其在社会-经济结构中的地位决定的,而且社会结构的影响也会将这些认知习惯编码到典型的语言使用模式中去。(Fowler,1977)[77] 由此可见,在首次提出"思维风格"概念时,Fowler 考虑了社会经济结构对个人认知的影响,具有很强的社会认知倾向。同时,Fowler 还将思维风格与小说中的不同"声音"联系起来。他指出,"小说中,可能有一个声音的网络存在于不同层面,每一个都表现出鲜明的意识模式"(Fowler,1977)[76],包括叙事者、人物和隐含作者。在后文讨论话语结构时,Fowler 将思维风格定义为"个人的心理自我",并提到了意识流小说中的思维风格。他指出,"意识流作家中,如乔伊斯、福克纳、普鲁斯特和弗吉尼亚·伍尔芙,用表层结构句法来生动地表现人物和叙事者的思维结构,不同的句法产生不同的思维意识流动的印象"(Fowler,1977)[104]。他在讨论叙事的"内部视角"时还举了《尤利西斯》中的一个例子,认为在这个片段呈现了小说主人公布卢姆"碎片般涣散的意识"(Fowler,1977)[99],其中"句法和词语对建立布卢姆的思维风格非常重要",并指出"他所使用的词语传达了一个感伤而粗俗的印象,突出了他心神不宁地在不同的主题之间的游离";而句法简短且成分多有省略,则暗示了布卢姆"粗俗、教条主义和智力欠发达"的思维风格(Fowler,1977)[103]。尽管Fowler对《尤利西斯》的这个片段没有进行详细的语言分析,但从他对Henry James的《大使》和Lawrence的《儿子与情人》等作品中的片段分析来看,其对人物思维风格的分析方法基本上借鉴了Halliday的语言分析模式,主要关注文本中的小句参与者、过程和环境附加语等。除此之外,Fowler还讨论了传统的修辞隐喻、形容词的名词化以及语义象征等在人物思维风格塑造中发挥的作用。

在《语言学批评》一书中,Fowler认为,思维风格等同于叙事的"意识形态视角",并对后者进行了分析。Fowler认为,意识形态视角有两种不同的表现方式:一种是直接的方式,即叙事者或人物通过语言的情态系统来直接表明他的判断和信念,包括其使用的情态助词、情态副词、评价性的形容词和副词、表示预测和评价的动词以及"普遍真理句"(generic sentences)等;另一种是比较间接的方式,通过不同的思想表达方式来显示人物的世界观。Fowler以美国意识流作家Faulkner的《喧嚣与骚动》开头的片段为例,分析了文中聚焦人物Benjy的叙事话语中使用的及物性系统、累赘陈述(circumlocutions)、人称代词和指示词四个方面,认为作者成功地刻画了Benjy——一个拥有幼儿思维的33岁成年男子。(Fowler,1996)[169]

总之,作为"思维风格"概念的提出者,Fowler对思维风格研究在两个方面做出了可贵的探索:一是在小说思维风格与叙事视角和叙事声音之间建立了联系,区分了叙事者、人物和隐含作者的思维风格;二是将思维风格研究与意识流小说的研究结合了起来,将思维风格视为意识流小说中人物刻画的重要部分。

2. Leech和Short对思维风格研究的发展

在《小说文体论》一书中,Leech和Short将思维风格作为小说文体的一个重要方面进行了系统的分析。他们认为,小说世界是我们"理解的内容(what)",思维风格是"世界观",即"理解和概念化世界的方式(how)"(Leech,Short,1981)[187-188];同时指出"思维风格本质上是个语义概念,但只有通过语言的词汇和句法等形式构造才能观察出来"①(Leech,Short,1981)[189]。Leech和Short明确指出,思维风格是所有文本的固有属性,因为作家的写作总会在一定

---

① Leech和Short在风格观上立场比较含糊:一方面他们强调"世界"和"世界观"的区分,表现出二元论的立场;另一方面他们强调"思维风格本质上是个语义概念",又暗合Halliday(1971)所坚持的是一元论,认为"世界观"是一种"意义潜势"。申丹教授也曾指出,Halliday所持的是一元论的风格观,而"Leech和Short在进行多层次研究时,并未改变自己的二元论立场"(Leech,Short,2001)[F33]。

程度上偏离现实,表现出特定的思维习惯或认知特点;并根据作品中思维风格的不同偏离程度,将其分为正常、不常见和特别不常见等几种类型。在对不同类型的案例进行分析时,他们不仅讨论了小说人物的思维风格,而且还对隐含作者和叙事者的思维风格进行了分析。他们选择的文本除了小的语篇片段之外,还包含了单个句子思维风格的分析。在讨论《喧嚣与骚动》中智力低下的Benjy的思维风格时,他们建立了一个比较系统的思维风格的分析方法,从四个方面进行了分析:一是区分文本总体结构中的叙事话语和人物语言;二是分析词汇的复杂度和重复度;三是分析句法复杂程度和及物结构;四是分析文本之间的联系。此外,在分析《愤怒的葡萄》(Steinbeck)、《两位勇士》(Joyce)、《故土》(James)、《还乡》(Hardy)等其他具体案例中,他们还讨论了形容词、名词(感知/态度)的类型和抽象程度,句法构式的类型和复杂程度,语义范畴的重组,以及隐喻的使用等。

表2.1归纳了早期的思维风格研究者的研究内容,从表中可以看出,不同研究者在文本选择上都基于个案分析,在分析内容上都侧重研究文本中独特的语言表达,主要以词汇、句法和及物性等方面为切入点,侧重文本的语言细节,同时考虑人物话语和修辞隐喻等特征,然后在文本特征的基础上推理出人物的思维结构和认知特点。从其理论框架来看,这些早期研究基本都基于功能语言学分析模式,其长处在于为思维风格的分析提供了文本上的细节支撑,但不足之处在于从文本分析到思维分析缺乏必要的认知理论作为阐释框架,具有较大的主观性。同时,这种认知理论的缺席,也会使思维风格分析"或多或少地忽略了文本的深层联系",难以实现对长篇文本的整体把握。(刘世生,曹金梅,2006)[110]

表2.1 早期文体学视角下的思维风格研究

研究者	文本个案		文本细节
Halliday	《继承者》	及物性	主语、动词、附加词
Fowler	《喧嚣与骚动》《专使》《儿子与情人》等	及物性	名词化、累赘陈述 修辞隐喻、语义象征
Leech和Short	《喧嚣与骚动》《愤怒的葡萄》《两位勇士》《故土》《还乡》等	及物性	词汇类型与抽象程度、文本之间的联系、叙事话语和人物言语、修辞隐喻

2.2.2 思维风格的认知文体学研究

自20世纪90年代以来,基于认知语言学和认知心理学的认知文体学(有时也被称为"认知诗学"①)逐渐兴起,主要的代表性著作有 Tsur(1992,2003)、Cook(1994)、Pilkington(2000)、Stockwell(2002)、Semino 和 Culpeper(2002)、Gavins 和 Steen(2003)、Brone 和 Bandaele(2009)等。认知文体学的主要特点在于,结合认知结构和认知过程来研究"文学阅读","探索文学作品的风格性文本肌理(stylistic texture)与读者感受到的阅读体验之间的联系"(Stockwell,2002)[165-167]。伴随着认知文体学的兴起,思维风格研究也经历了从传统语言研究到认知研究的转变。Bockting 被认为是早期的代表人物。在《思维风格:福克纳小说人物刻画的跨学科研究》(1994)一文中,Bockting 认为,人物语言中语音、词素、词汇、句法、语用以及副语言和非语言符号等方面的选择,具有刻画人物心理和思维特征的作用。她分析了福克纳作品中的非常规拼写(人物的方言等)、书写和节奏的表征(标点符号的使用等)、视角转换(叙事者或人物之间视角的转换)、指示词等方面的特点,重点讨论不同人物语言中引述他人言语时言语表达形式上的区别,结合心理叙事理论揭示了小说语言所表现的 Compson 三兄弟的病态的思维风格。

此后,随着认知语言学的发展和相关著作的出版,以 Semino 为代表的一些学者开始更多地结合认知理论进行思维风格研究。Semino 和 Swindlehurst(1996)结合 Lakoff 等人对认知隐喻的分析,指出文本中小说人物对一个或多个特定的隐喻的系统运用反映了人物特定的思维风格。她们以小说《飞跃疯人院》中的人物 Bromden 为个案,分析了人物叙述话语中频繁出现的与机械有关的概念隐喻,揭示了人物独有的、有时甚至是扭曲的理解和谈论周遭世界的认知习惯和思维风格。此外,Semino(2002)则明确提出应该将语言分析与认知理论相结合来研究"个人世界观中特定的概念结构和认知习惯",并采用图式理论(schema theory)、认知隐喻理论、整合理论(blending theory)分别分析了 Louis de Bernieres 的《科莱利上尉的曼陀铃》中的一个小人物 Alekos 和 John Fowler 的《收藏者》中的男主人公 Clegg 的思维风格。Alekos 常年牧羊,缺少与战争相关的认知图式,当飞行员降落时将其识解为天使降临,并通过认知隐喻的方式来认识降落伞、无线电通信设备和现代化武器等"陌生"的事物。Clegg 倾向于隐喻式地将 Miranda 识解为蝴蝶,在自己的概念结构中建立了两个目标域之间的一系列对应关系,收藏蝴蝶的爱好使他劫持了 Miranda,并最终夺去了她的生命。Semino(2007)对此前20多年的思维风格的相关研究进行了系统的梳

---

① Stockwell 在《认知诗学导论》(2002)的前言中指出,"认知诗学"与文体学关系密切,部分学者也将其称为"认知文体学"。Wales 的《文体学词典》(2001)、Boase-Beier(2011)等都将"认知文体学"和"认知诗学"视为同义词。

理,并基于概念隐喻和语用学理论分析了小说《夜色下的死狗之谜》中叙事者Christopher的自闭症倾向和认知缺陷。随后,Semino(2014)则运用"思维理论"[①]对三部小说中不同人物言语行为中出现的"语用失败"(pragmatic failure)进行了分析,从语用连贯、"面子管理"(face management)和隐喻解读三个方面展示了小说人物具有自闭症倾向的思维风格。

除了关注小说文本以外,McIntyre等学者也对戏剧中人物的思维风格进行了分析。McIntyre(2005)在《戏剧中的视角:戏剧和其他文本中视角的认知文体学分析》一书中,专门讨论了戏剧《货车中的女人》的人物Shepherd小姐的思维风格,认为人物对话中不合逻辑的推理展示了人物偏执的心理特征和跳跃性的思维风格。在另一篇论文中,McIntyre和Archer(2010)则进一步将Shepherd小姐的会话语言与"英国国家语料库"(BNC)中的样本进行了对比,并运用在线文本分析工具Wmatrix统计分析了人物语言中出现的核心词和核心语义域,通过量化的手段佐证了Shepherd小姐跳跃性的思维风格及其心理动因。

在国内语言学界,相关的文体学视角下的思维风格研究还比较少见。笔者分别以"思维风格"和"mind style"为关键词对中国知网(CNKI)的期刊和硕博论文库进行了检索,发现除了4篇未出版的硕士论文以外,目前在国内重要学术期刊[②]上发表的相关论文仅3篇。其中,刘世生、曹金梅(2006)对思维风格的相关研究进行了比较系统的梳理,并分析了福克纳短篇小说《大黑傻子》中的主人公的思维风格;唐伟胜(2012)从认知叙事学的角度对人物思维风格的认知研究和人物思维过程的认知研究进行了比较分析,指出前者侧重阐释文本中对人物思维特点的表征,而后者则侧重研究读者对人物及其思维的认知过程;隗雪燕(2013)分析了《尘埃落定》中大量认知隐喻所揭示的傻瓜少爷的独特思维风格。此外,在《叙事语篇人物塑造的认知文体学研究》(2012)一书中,宫英瑞也用了一章的篇幅对《圣经》文本《撒母耳记》中户筛使用的隐喻、换喻和明喻等修辞手段进行了分析,描写了户筛善于运用隐喻、具有超人智慧的思维风格。

为了对现有研究有直观的了解,表2.2中列出了上述认知文体学视角下相关研究中讨论的个案、认知理论和主要文本细节。从表2.2中可以看出,认知

---

① 心理学术语,指个体理解自己与他人的心理状态,包括情绪、期望、思考和信念等,并借此信息预测和解释他人行为的一种能力。
② 国内重要学术期刊是指中国期刊网收录的CSSCI期刊及其拓展版的来源期刊。

文体学视角下思维风格的研究的突出特点就是认知理论的运用,主要有认知隐喻和图式理论等;其在文本细节的分析上也更具广泛性,除了传统的词汇、语法、修辞隐喻以外,还包括语音模仿、文字拼写等内容。

表2.2 认知文体学视角下的思维风格研究

文　献	文本个案	认知理论	文本细节
Bockting(1994)	《喧嚣与骚动》	心理病理学	非常拼写、标点符号、指示词、引语
Semino 和 Swindlehurst(1996)	《飞越疯人院》	认知隐喻	概念隐喻
Semino (2002)	《科莱利上尉的曼陀铃》《收藏者》	图式、认知隐喻、整合理论	词汇欠缺、概念隐喻
Semino (2007)	《夜色下的死狗之谜》	图式、隐喻、语用推理	词汇欠缺、修辞隐喻
McIntyre(2006),McIntyre 和 Archer(2010)	《货车中的女人》	逻辑推理	人物话语、逻辑连词、关键词等
Semino (2014)	《黑暗的速度》《他者语言》《夜色下的死狗之谜》	关联理论思维理论	人物话语、修辞隐喻
刘世生和曹金梅(2006)	《大黑傻子》	图式	语音模仿、句法结构
宫英瑞(2012)	《撒母耳记》	修辞隐喻	隐喻、换喻和明喻

2.3　文体学视角下的风格翻译研究

和文体学一样,"风格"概念一直以来也是文学翻译研究中关注的一个焦点。正如Boase-Beier所言:"风格是所有翻译的核心问题。在所有类型的文本中,风格都很重要,而文学翻译则主要是风格的翻译。"(Boase-Beier, 2011)[81]自20世纪中叶,文体学在西方逐步兴起以来,一些翻译学者就开始尝试结合文体学进行翻译研究。例如,在《法英比较文体学:翻译的方法论》(1958/1995)一书中,法国学者Vinay和Darbelnet就从词汇、句法和信息三个层面对英、法两种语言的文体差异进行了详细的比较分析,并提出了七种不同的翻译方法,在翻界产生了广泛的影响。20世纪七八十年代以后,随着翻译研究作为一门独立学科且发展迅猛,文体学的翻译研究成果也日益增多。笔者梳理了近二十年来中西方风格翻译研究的主要著作,按理论框架大致分为一般文体学视角下和认知文体学视角下的风格翻译研究两大类,总结不同理论视角下文学风格翻译研究的发展脉络、研究热点和重要观点。

2.3.1 一般文体学视角下的风格翻译研究

基于一般文体学的风格翻译研究,大多着重文本语言的细节描写,关注翻译文本的审美效果和对文学主题的贡献。风格翻译的理论研究主要呈现出以下特点:

1. 从关注译文风格到聚焦译者风格

受描写翻译研究学派的影响,文学风格的翻译研究从关注原文风格逐步转向以译文风格为关注点和研究取向。Hermans(1996,2002)提出翻译文本的叙事话语中存在译者的声音,强调译作的"复调"(polyphony)性质。Bosseaux(2004,2007)考察了伍尔芙小说的法译本中译者的语言和文体特点,从叙事的视角探讨了译者的选择对叙事结构的影响。与译文的风格密切相关的一个概念是译者风格。Baker曾明确指出,从文学翻译的角度考察译者风格,目的在于证明个体文学译者具有个人独特的风格,不仅要关注明显的译者干预行为,还要考察译者特有的表达方式、翻译材料的选择和特殊翻译策略的运用,如序、跋、脚注、夹注等。(Baker, 2000)[245] Baker同时指出,开展译者风格研究应从译者语言风格与原作者风格之间的关系、译者个人语言的规范或诗学以及社会、文化或译者的意识形态立场这三个方面进行。(Baker, 2000)[248] Munday(2008)则基于功能文体学的语域分析模式,将拉丁美洲的部分作品的英译文与参照语料进行对照,分析意识形态因素对译者风格的影响。

2. 结合语料库进行文本分析

无论是关注译文风格还是译者风格,大多数研究的文本分析都基于语料库提供的数据。Olohan(2004)利用WordSmith工具获得译文类符-形符比、平均句长、词汇密度和关键词等数据,分析翻译文本的风格特征以及单个词项的使用,对比了不同译者的翻译风格。Marco(2004)基于系统功能语法分析了原作风格对译作的影响以及个体或群体译者的风格在译作中的体现,建立了基于语料库的译文风格分析的实证模式。Malmkjær(2003,2004)关注同一本原著的不同译者的风格差异,并从语言因素、翻译规范和翻译目的等方面进行解释。

Federici(2009)通过建立双语平行语料库考察了法国文学作品的意大利语翻译,指出译者Calvino的创造性翻译开创了一种新的小说文体,并使译者的意大利语原创文学文体产生了根本变化。Saldanha(2011)从方法论上分析了译者风格研究中寻找译者风格有力证据的困难,并通过个案分析提出了基于语料库的译者风格的分析方法。

3. 叙事学与文体学的结合

申丹(1995)讨论了文学文体学在小说翻译中的运用价值,并从词汇、句法和叙事视角三个方面分析了文学翻译中的风格问题。Cockerill(2006)从文体学和叙事学角度对日本作家、俄罗斯文学翻译家二叶亭四迷的多个译本进行了分析,指出其翻译中采用的口语文体逐步演变为当今日语小说写作的主流文体。Baker(2006)将社会学角度的叙事理论引入翻译研究,考察了国际政治事务中叙述立场在翻译中如何被维护、破坏和改变,强调了译者或翻译在社会与政治发展过程中的作用。

受文学文体学对风格定义的影响,这一理论框架下的翻译研究也一般将"风格"定义为"文本生产者做出的有理据的选择"(Hatim,Mason,1990)[8-10],并常将这种选择与文本语言的前景化或规范的偏离相联系。基于一般文体学的风格翻译研究的优点在于,其分析方法比传统的印象直觉式的批评更具客观性,以文本细节为根据,其对风格的阐释比前者更具说服力。自20世纪90年代以来,随着认知文体学和认知语言学的发展,一些学者开始尝试将认知理论引入翻译研究,从而带来了认知视角下风格翻译的新探索。

2.3.2 认知文体学视角下的风格翻译研究

在认知文体学中,风格可被简洁地定义为"感受到的独特的表达方式"(Wales,2001)[371]。和一般文体学一样,认知诗学也强调表达方式,即意义,注重文本的语言细节分析;但两者的不同之处在于,认知文体学主要关注读者阅读时感受到的风格效果,探索影响读者阅读体验的各种因素,除了文本的语言特征外,还包括读者的认知结构(如概念图式等)、认知背景(如文学惯例和百科知识等)以及受个人习惯影响的特定的认知方式和目的等。目前,结合认知理论进行风格翻译研究的著作不多,主要有Tabakowska(1993),Boase-Beier(2003,2006,2011),Tan(2009)等。

《认知语言学与翻译诗学》(Tabakowska,1993)是运用认知语言学理论进行翻译研究的早期探索之一。在该书中,Tabakowska利用认知语法的识解

(construal)概念讨论了概念隐喻、语义原型以及前景化语言的翻译,认为风格并非是相同内容的不同叙说方式,而是"反映说话者对某一概念化的(主观)选择"(Tabakowska, 1993)[7]。Tabakowska(1993)[46-49]在讨论前景化语言的翻译时,将其与图形和背景的思维结构相联系,认为前景化不仅仅是风格上的偏离,同时也是说话者对某一事物不同的描述或认知方式。

如果说Tabakowska作为认知翻译研究的主要开拓者之一,强调了风格翻译中人的认知因素,那么后来的Boase-Beier则基于认知理论对思维风格翻译进行了专门的探讨。在《译者的思维风格》(*Mind Style Translated*, 2003)一文中,Boase-Beier对一首德文诗歌及其两个英译本的思维风格进行了比较分析,发现两译文中重构的思维风格都与原文有差异,不同程度地体现了译者自身的认知特点。Boase-Beier认为,思维风格包含着有意识和无意识两个方面,并在该文章的结论部分指出,"如果风格是选择的结果,而选择是认知状态的结果,那么可以这样认为,所有的风格在一定意义上都是思维风格。然而,思维风格概念的独特之处在于,文本中一致性的文体模式表明了一个特定的认知状态"(Boase-Beier, 2003)[263-264]。可见,根据Boase-Beier的分析,思维风格与所有风格一样,都是认知状态的体现,如果特定的认知状态在文本中得到一致性的表现,那就可称之为思维风格。

在随后出版的《翻译文体学研究》(2006/2011)一书中,Boase-Beier更是尝试在认知文体学与翻译研究之间进行更紧密的结合。在这部重要的文体翻译研究著作中,他首先梳理了翻译研究中关于风格的讨论,然后在主体部分用三章分别讨论了认知语用学、认知文体学对风格翻译的启示以及译者的翻译选择与翻译风格的关系,重点讨论了关联翻译理论以及思维风格、隐喻、前景化语言、语义含糊和语言象似性等话题,并在全书的最后一章结合上述话题对具体译例进行了分析。由于该书旨在结合认知理论对风格翻译进行比较全面的探讨,涉及的理论较多,因此虽然Boase-Beier在书中多处提及思维风格的概念,但仅用很短的篇幅集中讨论了思维风格的翻译问题。(Boase-Beier, 2006)[75-82] Boase-Beier强调思维风格是一种文本特征,通过揭示特定认知状态使读者以新的方式观察世界,从而产生Pilkington所说的"诗学效果"。她指出,如果文学家的目的在于使读者寻找这种诗学效果,那么翻译必须保留所有延长这种寻找过程的文本特征;随后她分析了文学作品中一些典型文本特征,包括文本中的各种留白(gap)、弱隐义(weak implicature)、多重语境解读和传达的意识形态、态度、情感等,强调"译作需要确保这些特征在翻译中不被丢失"(Boase-Beier, 2006)[81]。

继《翻译文体学研究》之后,Boase-Beier于2011年又出版了《翻译研究批评性导论》一书,这是他尝试全面整合认知文体学与翻译研究的又一力作。正如他在该书的前言中指出的那样,该书的研究视角是认识诗学的,在书中他可能结合世界理论、创造性阅读、思维空间、概念整合、认知语境、诗学象似性、概念隐喻和前景化等认知诗学概念,分析了翻译理论和实践中的一些基本议题,为翻译研究提供了一个崭新的视角。该书共分两大部分九个章节:第一部分以"翻译、文本、思维与语境"为主题,运用认知文体学理论依次对翻译的定义、可译性、忠实、创造性等基本问题进行了理论阐述;第二部分则以"翻译诗学"为主题,结合具体译例分别讨论了思维翻译、诗歌形体的翻译以及歧义等翻译问题。在书中Boase-Beier多处提及思维风格,并以"作为思维翻译的文学翻译"为题专辟一章集中讨论了思维风格的翻译问题。他认为,"风格不仅仅是不同的言说方式,还有对应的不同的思维方式"(Boase-Beier,2011)[16],"风格,换而言之总是思维风格"(Boase-Beier,2011)[86];在翻译过程中,译者不仅需要考虑文本所表现的认知状态,而且还要考虑文本可能产生的认知效果,并通过保留原文文本的阐释可能性和开放性来重构原文的诗学效果。

由上可见,Boase-Beier作为认知视角下翻译文体研究的主要倡导者和践行者,对思维风格翻译问题进行了系列探讨,不仅为翻译研究提供了新的视角,也为翻译文体研究开拓了一片新的领域。然而,Boase-Beier也指出,"正如人们对思维如何居住体内没有形成共识一样,对思维如何居住在文本中也没有形成共识"(Boase-Beier,2011/2006)[75],因此思维风格及其翻译研究无疑还处于早期探索阶段。同时,由于Boase-Beier主要关注诗歌翻译,所分析的译例大多为单句或短小的诗歌片段,因此没有涉及小说中的叙事风格和思维风格的讨论。

在国内,谭业升著《跨语言识解:翻译的认知语言学途径》(2009)则体现了中国学者运用认知语言学进行翻译研究的可贵探索。该书旨在建立翻译中意义构建的认知模式,主要分析了翻译中各种语言构式和意象图式。谭业升在书中讨论了翻译中的认知风格,提出了认知风格的公式:认知风格=连贯的或系统的构式操作+突显的认知原则,并围绕语言构式和审美原则对《飘》《德伯家的苔丝》的汉译以及庞德的中国古诗英译进行了细致的分析。

此外,国内学者讨论思维风格翻译的研究成果还很少见;笔者同样利用关键词"思维风格"和"mind style"对中国知网(CNKI)的期刊和硕博论文库进行了检索,发现国内重要学术期刊上仅有1篇相关的论文,该文对小说《喧嚣与骚动》开篇部分体现Benjy思维风格的原文和译文进行了比较分析(魏望东,

2006)。

从上述文献梳理来看，国内外目前基于认知理论的风格翻译研究的著作还不多见，专门讨论思维风格翻译的研究则更少，因此还处于初步的探索阶段，有待进一步的发掘和研究。

2.4 《尤利西斯》的汉译及相关研究

1922年《尤利西斯》一出版，茅盾就在《小说月报》第13卷11号上撰短文介绍了乔伊斯的这本新作，这应该是国内关于此书最早的介绍。同年，远在英国剑桥大学留学的徐志摩则以诗人的激情和眼光高度赞扬了这本新书，但并未引起太多的关注。1935年5月6日，周立波在《申报·自由谈》上刊载了《詹姆斯·乔易斯》一文，对《尤利西斯》这本"颓废""猥亵"和"难读"的"怪书"做了全盘否定。1949～1978年，关于乔伊斯的介绍在国内很少见到，"即便是偶尔提到，乔伊斯也像是一具散发着恶臭的腐尸"（王友贵，2000）。此间，值得一提的是，著名作家林语堂资助的文学刊物《西洋文学》曾于1941年推出"乔伊斯特辑"，内有乔的诗选、短篇《一件惨事》和爱德蒙·威尔逊（Edmund Wilson）的论文《乔伊斯论》，其中有《尤利西斯》的对话三节。但真正意义上对《尤利西斯》的翻译直到20世纪70年代后期才开始。

金隄于1978年底开始着手《尤利西斯》的翻译，并于1979年夏天译完了全书的第二章，1981年发表于袁可嘉主编的《外国现代派作品选》。1982～1983年，金隄游学于美国耶鲁和英国剑桥等高校，结识了一些国外的乔学专家并得到热情帮助。(Jin Di, 2001)随后不到两年的时间，金隄翻译了《尤利西斯》的第二、六、十章以及第十八章的片段，并刊载于1986年的《世界文学》上。1987年，百花文艺出版社出版了包含上述选译以及第十五章片段的单行本。1993年10月，金隄译的《尤利西斯》上册（含第一至十二章的翻译）由九歌出版社出版繁体字版，并于1996年2月出版了下册。同时，人民文学出版社分别于1994年4月和1996年3月出版了此书上、下册的简体字版。除了金译本以外，《尤利西斯》在中国的另一个影响深远的译本由著名作家、翻译家萧乾及其夫人文洁若共同翻译完成。1992年，萧乾、文洁若夫妇翻译的《尤利西斯》第一章在南京《译林》杂志上发表。1994年4月，译林出版社出版了两人合译的《尤利西斯》的第一卷（含全书前八章），同年10月出版了两人合译《尤利西斯》的三卷全译本。2003

年,北京燕山出版社出版的《乔伊斯精选集》里收录了北京师范大学刘象愚教授翻译的《尤利西斯》的九个章节的选译本。此外,国内现有的译本还包括京华出版社的《世界十大经典名著》中收入的纪江红的译本,内蒙古人民出版社的《外国私家藏书》中李虹的译本,远方出版社的《世界禁书文库》中李进的译本等。

自1922年正式出版以来,这本令人生畏的"天书"逐渐成为批评界的"骄子",从小说结构、形式技巧、人物心理到女性主义和后殖民等,各种理论视角的研究在中西方都层出不穷。就国内而言,近年来研究《尤利西斯》的著作主要有李维屏(1996,1999)、戴从容(2005)和一些博士论文等。王青(2010)的《基于语料库的〈尤利西斯〉汉译本译者风格研究》以《尤利西斯》原著、萧乾译本、金隄译本和萧乾原创汉语小说为语料库,依照Leech和Short(1981)[69]提供的语言风格核对清单,利用WordSmith从词汇、搭配、句法和修辞四个层面对译者风格进行了实证研究,主要涉及的风格因素包括词汇多样性、词汇搭配、句长和句子的合语法性以及人物对话和内心独白中个性化的言辞等。李小蓓(2013)的《萧乾文学翻译思想研究》通过史料的整理和发掘系统梳理了萧乾的翻译思想体系,包括萧乾的翻译选材观、译研结合观、忠实观、可读性和文学性思想等,分析的文本主要包括《弃儿汤姆·琼斯的历史》和《摇摆》这两部译作。除此之外,还有王友贵(1998),陆钦红(2000),申迎丽、孙致礼(2004),仝亚辉(2004),王东风(2006),周晔、孙致礼(2009),王青、秦洪武(2011),朱建新、孙建光(2011),王青、刘莉(2014)等,分别从译者翻译观、拟声词、叙事视角、意识流语言、语义连贯、语言形式、词汇特征、意识形态、词汇形式化等角度对《尤利西斯》的汉译进行了研究。但目前还没有发现关于《尤利西斯》中思维风格翻译的相关研究。

第 3 章
思维风格表征之语言构式及其翻译

自20世纪70年代Fowler提出"思维风格"的概念以来,思维风格研究逐渐成为文体学和叙事学的一个热点话题,但在翻译界目前相关的研究还比较鲜见。与现有文体学研究大多仅关注单一语言文本中的思维风格不同,思维风格的翻译所牵涉的问题似乎更为复杂,其中之一就是涉及不同语言文化之间思维方式的差异问题。人类的思维方式具有普遍性吗?西方自古希腊时代开始,人们想当然地认为语言背后存在普遍的理性本质,为天下人共有,至少为所有思想家共有。在这种普遍理性观念下,语言只是达到更深层次的思维所依赖的媒介而已,不同语言之间的差异只会是表面的差别,其内在的思维或精神是普遍的。同样,在这种理念的关照下,任何不同语言所表达的任何思想似乎都是可译的,不至于因为语言的改变而带来思维的改变或意义的丢失。那么,各个民族的语言之间是否存在思维差异呢?

3.1 语言与思维

长期以来,中西方的语言研究大多都将语言视为思想的工具,直到19世纪德国哲学家洪堡特(Humboldt)提出"语言世界观"的观点,人们才开始重新审视语言与思维之间的关系。洪堡特认为,"每一语言都包含着一种独特的世界观""学会一种外语就意味着在业已形成的世界观的领域里赢得一个新的立足点,……因为每一种语言都包含着属于某个人类群体的概念和想象方式的完整体系"(洪堡特,1903/2009)[72-73]。到了20世纪中叶,萨丕尔、沃尔夫等人更是将洪堡特的观点推进了一步,提出了"语言相对论原则"(linguistic relativity principle)的假说。受博厄斯(Boas)和萨丕尔等人的影响,沃尔夫认为语言在一定程度上影响着使用者的思维和世界观,"用通俗的语言来讲,就是使用明显不同的语法的人,会因其使用的语法不同而有不同观察行为,对相似的外在观察行为也会有不同的评价;因此,作为观察者他们是不对等的,也势必会产生在某种程度上不同的世界观"(沃尔夫,1956/2001)[221]。由于沃尔夫44岁就英年早逝,生前不曾出版专著,其关于"语言—思维"关系的论述大多仅见于约翰·卡罗尔(J. Carroll)编辑的名为《论语言、思维和现实》的文集之中。(Whorf, 1956)在该文集的序言中,蔡斯将沃尔夫假说总结为两点:第一,所有较高层次的思维都依赖语言;第二,人们习惯使用的语言的结构影响人们理解周围环境的方式。宇宙的图像随着语言的不同而不同。(沃尔夫,1956/2001)[2]由于沃尔夫本人对他的理论假说并没有直接的系统论述,后世对其观点也往往有着不同的解读,通常分为"强式"和"弱式"两种;前者认为语言决定思维,后者认为语言在一定程度上影响思维,语言不同的人,思维亦不同。一般而言,学界大多认可"影响说",反对"决定说",认为"语言决定论"过于绝对化(Berlin,Kay,1969;Leech,1974;Brown,1976等)。国内的学者也大多持类似的立场,对"强式"假说进行了批评(高一虹,2000[182];张振江,2007[16])。此外,也有学者对伍尔夫的假设持全面否定的态度,其中比较有影响的是美国著名认知学者斯蒂文·平克(Steven Pinker)。Pinker秉承乔姆斯基的转换生成语法的观点,强调不同语言在深层结构上的普遍性,认为语言和思维不是一回事,无论强调语言决定思维,还是语言影响思维,"都是完全错误的",语言不同的人类很可能具有"普遍的心理语言"(a universal mentalese),"学会一种语言,就是学会如何在心理语言与词语之间的相互转译"(Pinker,1994)[57,82]。

　　由以上概述可见,语言与思维的关系之争由来已久,直到今天仍是一个争议不断的话题。人类的思维方式到底是相对的还是普遍的?不同语言,如英、汉语之间,是否存在思维方式上的差异?如果存在,这些思维差异又会对翻译造成怎样的影响?自20世纪50年代以来,随着沃尔夫等人的语言相对论思想在学界影响的扩大,不少中外学者其实已经对英、汉语言与思维之间的差异进行了研究。例如,美国语言学家Alfred Bloom用了几年时间在中国香港、中国台湾、美国进行了语言与思维关系的研究,于1981年出版了《语言对思维的塑造:中国与西方语言对思维的影响的研究》一书。Bloom在书中主要分析了英、汉语在标记虚拟假设时结构形式上的不同,指出英语可以用动词的过去时等来标记虚拟语气,而汉语则主要依赖语境来理解,没有任何语法结构来直接表示反事实的假设,并采用语言试验等实证方法调查和分析这些差异对思维的影响。Bloom认为,英、汉语在句法结构的不同"不仅仅是语言形式上的差别,而且反映了操英语的人在划分与整理客观世界的认知方式上与操汉语的人不同"(Bloom,1981)[29]。此外,国内学者刘宓庆(1991,2006)、连淑能(1993,2006(a),2006(b))、潘文国(1997)、何南林(2008)等也对英、汉语言及其思维差异进行了比较研究。

　　总之,自沃尔夫的语言相对论提出以来,关于语言与思维关系的研究尽管存在不少争议,但毫无疑问的是,这些研究揭示了语言与思维之间的互动关系,有助于摆脱语言隶属于思维的传统观念,提升了语言乃至语言学的地位;同时,这些研究大多关注语言的差异性和多样性,将语言研究与社会文化和民族精神相结合,不仅拓展了语言学的研究范围,而且有利于揭示不同民族的语言习惯和思维习惯之间的深层关系。然而,不得不承认的是,目前国内外的相关研究,无论是早期沃尔夫等人对美洲印第安语言的研究,还是当前国内外学者对于英、汉语言思维的比较,大多存在一个根本不足的问题,那就是研究中对英、汉思维方式的比较大多仅基于少量语例的比较和分析,缺乏大量的相关语料的支持,从而导致相关的论述和语例缺乏说服力。这也是相关研究一直以来存在争议的一个根本原因。

任何语料选择都难免具有一定的主观性,建立在少数孤例上的结论更是容易被相关的反例所推翻,因此没有系统的语料也就成为现有相关研究难以得到有效推进的一个根本症结。近年来,随着语料库的发展及其在语言学和翻译研究中的广泛应用,为解决上述问题提供了契机。同时,认知语言学的兴起,尤其是认知隐喻研究的发展,也为研究人的语言与思维之间的互动提供了新的概念工具和理论框架。

作为当代认知语言学的领军人物,Lakoff 和 Johnson 曾将现代认知科学的主要发现归结为以下三点:① 思维本质上是体验性的;② 思维几乎是无意识的;③ 抽象概念大多为隐喻性的。(Lakoff,Johnson,1999)[3] 这三点也成了认知语言学的根本哲学立场和核心观点。从根本而言,语言总是人基于自身体验而进行的一种对客观世界的构建,属于概念化操作;其中对抽象事物的概念化过程往往通过隐喻的思维方式来完成。现有大量的认知隐喻研究表明,隐喻作为一种基本的认知和思维方式,在情感的概念化过程中也扮演了重要角色。这些研究的一个核心观点认为,"人类的情感,本质上具有抽象性,在很大程度上都是通过基于身体体验的隐喻来进行概念化和表达的"(Yu,1998)[48]。

本章无意也无法就英、汉语思维之间的关系进行全面的比较和分析,而是结合认知语言学,尤其是概念隐喻(Lakoff,Johnson,1980;Lakoff,Turner,1989)和构式语法理论(Langacker,1987,1991,2008;Goldberg,1995,2006 等),从一个具体的情感隐喻的个案出发,结合语料库统计来揭示英、汉语在具体语言构式中所表现出的思维上的异同,然后再结合《尤利西斯》中的相关译例讨论这种思维差异对思维风格翻译的影响。

3.2　语言构式与概念隐喻的比较与翻译

近年来,随着语料库翻译研究和语料库文体学的发展,国内外已有部分学

者在语料库的基础上探索将语言对比、文体学和翻译研究结合起来,开拓了基于语料库的翻译文体学研究的新视野(Olohan,2004;Bosseaux,2007;Federici,2009;Huang,2015等)。但目前的相关研究大多侧重词汇、类符—形符比、句长、引语等语言形式和叙事结构的对比和描写,很少从认知角度对译文中呈现的翻译共性(translation universals)和译者风格进行深入分析。Halverson(2003)曾指出,目前基于语料库的翻译共性研究大多处于描写和归纳层面,缺乏从认知心理学、社会学和文化角度进行解释层面的研究。同样,Mauranen和Kujamäki也认为,"就加深对翻译的理解而言,翻译共性研究的价值在于从认知、社会和语言这三个主要的相关领域出发来发展理论、积累证据"(Mauranen,Kujamäki,2004)[2]。在研究方法上,王克非曾指出,目前语料库翻译研究的一个主要问题在于大多采用逆证(abduction)推理,即先发现文本事实然后再"寻找最佳解释",并认为这种由果到因的推理方法"没有逻辑上的有效性"(王克非,2012)[30]。为了避免类似问题,这里采用了个案研究的方法,首先基于美国当代英语语料库(COCA)和北京大学现代汉语语料库(CCL)(分别为4.5亿单词和5.8亿字符的库容)进行统计,分析英、汉语"微笑"的表达在句法构式和动词性隐喻上所体现的思维方式的异同,然后再以《尤利西斯》的两个译本中"微笑"表达的翻译为例,分析英、汉这些思维方式上的差异对不同译本中相关表达的翻译产生的影响。

之所以选择"微笑"表达作为个案研究的对象,主要是因为现有大量的认知隐喻研究表明,隐喻作为一种基本的思维方式,在情感的概念化过程中扮演了重要角色,如"愤怒"(anger)、"幸福"(happiness)、"爱"(love)、"恨"(hatred)等抽象情感,其理解和表达都离不开隐喻思维(Lakoff,Johnson,1980;Lakoff,Kovecese,1987;Kovecses,1986,1988,2005等)。同时,情感隐喻的跨文化研究发现,尽管不同语言中的情感隐喻存在共通之处,但不同的社会文化会带来具体概念隐喻上的差异(Emanatian,1995;Kövecses,1995(a),2000,2005;Yu,1998等)。此外,"微笑"作为一种显而易见的面部表情,普遍存在于不同的语言文化之中,具有很高的跨文化可比性,而现有的情感隐喻研究大多关注喜、怒、哀、乐、爱、恨等抽象情感,忽视了对"微笑"这种"显而易见"的表情隐喻的比较和分析。那么,在"微笑"的表达和认知上,英、汉语之间是否存在思维方式上的差异呢?这些差异会对文学作品中相关表达的翻译产生怎样的影响?让我们从英、汉语"微笑"表达的句法构式开始讨论。

3.2.1 英、汉"微笑"构式的比较

Langacker的认知语法理论认为,语言中只有三类单位,即语音单位(phonological unit)、语义单位(semantic unit)和象征单位(symbolic unit);其中,象征单位是前两者的结合体,包含不同层面的语言表达。根据Langacker的定义,"构式(construction)是一个(任意大小的)语言表达式,或者是一个从许多语言表达式中抽象出来的图式,可以(在任意详略度上)表征这些表达式的共性"(Langacker,2007)[122]。由于认知语法的主要任务是分析语言是如何通过象征单位建构起来的,因此构式(construction)成为认知语法的核心概念(Langacker,1987,2008;Goldberg,1995,2006;Croft,2001等)。国内学者也指出,构式同样适用于汉语各个语言层面的分析,可用来进行英、汉对比研究(严辰松,2006[8];王寅,2011[39])。构式是意义和句法形式的配对体(parings),"句法形式上的差异总会拼写出意义上的差异",即"语法形式无同义原则"(Goldberg,1995)[3]。也就是说,语法形式不同,其所表达的意义也不同。这个原则对于翻译,尤其是文学翻译具有重大意义,因为一直以来受内容至上的观念的影响,翻译界普遍不太重视语法形式的认知和语义价值,翻译中不尊重原文具有特定语义表达的语法形式的现象比比皆是。同样,现有情感隐喻的跨文化研究也大多只关注情感隐喻在概念上的异同,对隐喻表达的句法形式并不关注。由于语言的形式与意义是密不可分的,如果在认知隐喻的跨文化比较中让句法形式继续"缺席",难免会遮蔽不同语言的隐喻思维在表达形式上的差异,也就难以全面揭示语言之间思维方式上的异同。

和语料库翻译研究的基本理念一致,构式语法也强调基于语言使用的研究,认为图式性构式的建立不能是先设的,而是在语言实例的基础上通过归纳得到的(Goldberg,2006[12];王寅,2011[107])。为了初步了解英、汉语中描写"微笑"的语言构式的类别及其分布上的特点,笔者首先以"微笑"和"smile"为检索词,分别对COCA和CCL进行了检索,并随机选取英、汉语例各500条进行了分析,发现英、汉语中描写人的"微笑"的表达式可归纳为6种基本的句法构式,并统计了抽样语料中体现各个构式的语例数量,见表3.1。各构式中,都以"人"或人的"身体部位"(简称"人体")为动词短语(简称"动")的一个论元,"微笑"或"smile"为动词短语的另一个论元或动词本身①。

① 本书仅关注描写"人"的"微笑"的表达式,以"人"或"人体"之外的其他"事物"(STH)为动词论元的表达式,如smile+VP+STH和STH+VP+smile等都没有纳入统计和分析,因此英、汉各个构式的语例数量总和都少于抽样语料数。

表 3.1　抽样语料中英、汉"微笑"构式的比较

序号	构式	英语语例	汉语语例	说明
a	人＋微笑	131	95	英、汉语中都比较常见,属于常规构式
b	人＋动＋微笑	128	56	同上
c	人体＋微笑	3	2	英、汉语中都比较少见,属于非常规构式
d	微笑＋动＋人	3	1	同上
e	人体＋动＋微笑	6	62	英语中较少见,汉语中很常见
f	微笑＋动＋人体	31	1	英语中较常见,汉语中极少见

从表 3.1 中的数据来看,以"人"为主语的构式 a 和 b 在英、汉抽样语料中都很常见,属于常规构式,如 *He would smile and greet me like an old friend*;而构式 c 和 d 在英、汉抽样语料中都很少见,属于非常规构式,如 *Your eyes have to smile and your mouth smiles*。英、汉"微笑"构式的分布差异主要体现在构式 e 和 f 上;构式 e 在英语中较少见,汉语中却很常见,而构式 f 在英语中较常见,汉语中却极少见。这两个构式都涉及"人体",属于对人的"微笑"的细节描写,但语序刚好相反。为了进一步了解英、汉"微笑"构式和思维方式上的差异,笔者利用 COCA 和 CCL 对这两个"微笑"构式进行了进一步的全面统计和分析。

首先,笔者对 COCA 中与 smile 共现的名词进行了全库检索,发现位于前三位的名词依次是 face("脸/面",3664 条)、eyes("眼",1597 条)、lips("唇",1238 条),都属于"人体",另一个共现频率较高的"人体"是 mouth("嘴",748 条),处于第六位[①],这些高频出现的名词说明了英语"微笑"表达式中涉及最多的就是这四个人体部位,这也完全符合我们的日常体验。接着,笔者分别以汉语的"脸""面""眼""嘴""唇"与"微笑"共现为检索条件对 CCL 进行了全库检索,依次得到检索项 1592 条、1356 条、841 条、579 条和 169 条。然后,笔者对上述英、汉语料库的检索结果逐条进行了人工分析,根据"人体"的不同,将"微笑＋动＋人体"和"人体＋动＋微笑"这两种基本的构式再细分为"微笑＋动＋脸[②]/唇/嘴/眼"和"脸/唇/嘴/眼＋动＋微笑"这八种具体的构式,并分别统计了体现各个具体构式的语例和动词的数量,见表 3.2(由于一些动词会在同一构式的不同语例中重复出现,因此构式中的动词数一般少于语例数;同样,不同具体构式之间的动词也会有部分重复,因此基本构式的动词总数也少于各个具体构

---

① 位于第四位和第五位的名词分别是 smile(1029 条)和 man(788 条),但都不属于人的"身体部位"。
② "脸"指"脸"或"面",包括含这两个字的词语,如"脸颊""脸庞""面容""面孔"等。

式动词数的简单相加之和)。

表3.2 COCA和CCL中"微笑"构式的比较

"微笑+"型构式	COCA语例/动词	CCL语例/动词	"+微笑"型构式	COCA语例/动词	CCL语例/动词
微笑+动+脸	931 / 126	63 / 28	脸+动+微笑	202 / 70	1548 / 60
微笑+动+唇	402 / 85	9 / 7	唇+动+微笑	203 / 49	27 / 16
微笑+动+嘴	180 / 57	27 / 13	嘴+动+微笑	192 / 47	183 / 46
微笑+动+眼	56 / 19	4 / 4	眼+动+微笑	19 / 7	37 / 9
微笑+动+人体（合计）	1569 / 189	103 / 42	人体+动+微笑（合计）	616 / 125	1795 / 70

从表3.2最后合计的语例总数可以看出,正如抽样语料所示,英文更倾向于使用"微笑+动+人体"这种基本构式(1569条),远高于"人体+动+微笑"构式(616条);而汉语则恰恰相反,前一种基本构式仅有103条语例,而后一种基本构式则多达1795条语例。另外,就表3.2中的各个具体构式而言,英文语料中出现频率最高的是"微笑+动+脸"构式(931条),几乎占到英文中所有统计语例的一半,构成英文中的典型构式;而汉语语料中的典型构式则是"脸+动+微笑"(1548条),与英文中的典型构式的语序正好相反,且出现的频率更高,达到汉语中所有统计语例的82%以上。再看构式中的动词数量,英语语料中"微笑+动+人体"和"人体+动+微笑"这两个基本构式中的动词总数分别为189个和125个,而汉语则分别为42个和70个;同样,各个具体构式中英语动词的数量也几乎都高于汉语,可见英、汉"微笑"构式在动词数量上也有很大差距。

那么,英、汉语的这些"微笑"构式具体使用了哪些动词呢？这些动词又体现了怎样的思维特点呢？

3.2.2 "微笑"构式中的动词性隐喻比较

根据Lakoff、Johnson以及Turner等人的认知隐喻理论,隐喻不只是一种修辞手段,而是一种基本的思维方式,可简要地定义为"以一组概念来理解另一个组概念的认知过程"(Deane,1995)[628]。和传统的修辞学相比,认知隐喻研究中使用的隐喻概念在外延上更为宽泛,注重分析不同的语言表达所体现的普遍的认知机制和思维特点。例如,"那个人像一条鲨鱼""那个人是一条鲨鱼"和"那个人在疯狂掠食",按照传统修辞学的观点,可分别归入明喻、隐喻和拟物等不同的修辞格;但根据认知语言学的分析,这些不同的语言表达在思维上体现了一个共同的特点,即思维的隐喻性,对"那个人"的描述中可能都使用了"人是鲨鱼"这个"概念隐喻"(conceptual metaphor),从而在"人"和"鲨鱼"两个概念之间建构了某些类似点,如凶狠、残暴等。尽管概念隐喻是一种认知现象,但其主要的表现形式还是语言,因此可以根据隐喻表达的句法特点将其分为名词性、动词性、副词性和介词性隐喻等类别(束定芳,2000)[59-60]。Cameron 曾指出,现有隐喻研究文献中,所举的语例大多为名词性隐喻,如"*Juliet is the sun*";这会给人带来一种错觉,以为名词性隐喻是典型的隐喻表达,而"实证数据表明,许多类型的话语中动词性隐喻可能比名词性隐喻更为普遍"(Cameron,1999)[15]。束定芳曾明确指出,"动词性隐喻指的是话语中使用的动词与逻辑上的主语或宾语构成的冲突所形成的隐喻"(束定芳,1999)[62]。在语言的使用过程中,动词常与一定的名词进行搭配,构成常规的语义联系,例如,讨论"流淌"自然会联想到某种"液体";当"流淌"与"情感"搭配时,就会扰乱这种常规的联想,产生了某种语义上的冲突和张力,从而形成"情感是液体"的概念隐喻。概念隐喻具有系统性和生成性,相同的概念隐喻可以在一系列相关的语言表达中得到体现。例如,无论是"爱情冲昏头脑",还是"思念涌上心头",或是看似独创的文学表达,如"让悲伤逆流成河"等,其中的动词其实都体现了"情感是液体"的概念隐喻,从而使这一隐喻成为理解和表达各种情感的常见的思维方式。可见,无论是日常语言,还是文学表达之中,隐喻都普遍存在,而动词则是表达隐喻的主要语言手段之一;如果对特定构式中的动词性隐喻进行系统的梳理和分析,就有可能比较全面地揭示该构式中对特定概念的隐喻认知,为揭示隐喻思维方式提供一个新的途径。

和其他情感表达一样,英、汉语在表达"微笑"时也离不开各种隐喻,并常常通过相关的动词得到体现。由于"微笑+动+人体"构式中,"微笑"为主语,其后的动词可视为"微笑"发出的动作,属于动词的隐喻用法,直接体现了英、汉语对"微笑"概念的隐喻认知。因此,下面将主要根据英、汉这个构式中的动词来分析"微笑"表达中的概念隐喻。此外,由于汉语语料中体现"微笑+动+人体"构式的语例和动词都较少,因此我们将会同时考察汉语"脸+动+微笑"这一典型构式中的动词性隐喻,以求比较全面地揭示汉语"微笑"表达中的隐喻思维。

通过语料分析发现,尽管描写"微笑"的语例丰富多彩,但上述英、汉语各类构式中的动词所体现的隐喻却表现出惊人的相似性。如果采用"A is B"这种常见的概念隐喻表征形式的话,那么可以将这些动词所体现的概念隐喻概括为两大类,即"微笑是物质或物体"和"微笑是动物或人";其中,前一类隐喻可再细分为"微笑"是"液体""流体""光""饰品""花""符号"等具体隐喻,而后一类隐喻则可细分为"微笑"是"行动"和"力"这两种具体隐喻。虽然英、汉语"微笑"的具体隐喻在种类上基本相同,但在数量分布和动词类型上存在很大差异。下面将结合具体的动词对英、汉"微笑"隐喻的异同进行比较分析。

1."微笑是液体"

在英文情感表达中,"也许最普遍的一个概念隐喻"便是"情感是容器中的液体"(Kövecses,1990)[146]。这个概念隐喻适用的情感范围最广,普遍存在于"愤怒""忧伤""幸福""爱""欲望""害怕""骄傲""耻辱"等情感的英语表达之中(Lakoff,1987;Yu,1998;Kövecses,1998,2000)。Yu比较了英、汉"愤怒""幸福"等主要的情感表达,指出汉语同样存在"情感是容器中的液体"这一隐喻(Yu,1998)[49-79]。通过COCA和CCL中的语料分析,我们发现英、汉"微笑"构式中的部分动词也体现了"微笑是容器中的液体"这一隐喻。COCA中体现这个隐喻的语例有48条,动词10个。而CCL中体现此类隐喻的语例则多达528条,构成汉语最主要的"微笑"隐喻之一,相关动词共26个(词核相同但含有不同助词的动词,如"漾起/漾着/漾出/漾开/漾满",都视为不同的动词)。

为了具体展示英、汉语中体现此类隐喻的动词,下面将这些动词的典型用法归纳为具体的表达式,同时标出了表达式中常出现的英语介词或汉语方位词,以便于理解。COCA中体现"液体"隐喻的动词主要有:微笑+drain/emanate(流出)/leak/ooze(漏出)+from脸;微笑+fill/suffuse(充满)/cover(覆盖)/bathe(沐浴)+脸;微笑+freeze/curdle(凝结)+on脸/嘴/唇。

汉语中常见的表达式有:微笑+荡漾/洋溢/溢散/冻结/凝固+脸/嘴/唇上;微笑+溢出+脸;脸上+流露/挤出/漾起/充满/溢满/含着/透着/荡开+微笑。

2."微笑是流体"

除了"容器中的液体"这个普遍的情感隐喻之外,英、汉"微笑"构式中还由此派生了一个新的概念隐喻,即"微笑是流动或漂移的物体",简称"流体"。COCA中,体现"微笑是流体"的语料177条,动词11个。英语主要表达式有:微笑+spread(漫)/float/drift(漂)/sweep(扫)+across脸/嘴/唇;微笑+evaporate(蒸发)/bubble(冒泡)+from脸;微笑+emerge/surface(浮现)/burst/explode/erupt(迸发)+on/across脸。

CCL中,体现这个隐喻的语例共122条,动词8个,都是由词核"浮"或"泛"构成。汉语相关表达主要有:微笑+浮上/浮现/浮在+脸/嘴/唇/眼;脸上+浮起/浮出/泛起/泛出+微笑。

3. "微笑是光"

人的情感和感觉—运动体验之间存在着系统的对应关系,通常会将好的事物隐喻为"向上的""光亮的""温暖的",将坏的事物隐喻为"向下的""黑暗的""寒冷的"等(Lakoff,Johnson,1980[58],Kövecses,1998[143])。英文中表达"幸福"或"喜悦"时常用的概念隐喻之一便是"幸福是光"(Kövecses,1998,2000,2005;Gibbs,Colston,2012)。这一概念隐喻同样存在于汉语的"幸福"表达之中,从"兴高采烈""容光焕发"等常用短语便可见一斑(Yu,1998)[66]。

从语料分析来看,英、汉语中也存在"微笑是光"的概念隐喻。COCA中,体现这个隐喻的语例多达155条,动词16个。英语相关的表达主要有:微笑+light/brighten/illuminate/irradiate(照亮)/warm(温暖)/beam/radiate(照耀)+脸/唇;微笑+flicker(闪烁)/dawn(亮起))/flash(闪现)/fade(暗淡)+on脸/嘴/唇;微笑+darken/cloud/shadow(笼罩)+脸/嘴/唇。

CCL中体现"微笑是光"构式数量很少,共17条语例,6个动词。汉语相关表达主要为:微笑+闪烁/闪现+脸上;脸上+闪着/闪过/闪出/投出+微笑。

4. "微笑是饰品"

与"喜、怒、哀、乐"等抽象情感相比,"微笑"的不同之处在于它是一种面部"表情",具有显而易见的特点,因此在人际交往中常被赋予很强的交际功能。"微笑"不仅仅是内心情感的自然流露,有时则是为了示悦于人或取悦于人,因而具有"装饰"脸面、美化情感的作用,我们将其简称为"微笑是饰品"。

COCA中体现"微笑是饰品"的语例较少,仅65条,动词14个。英文的主要表达有:微笑+plaster/paste/stick/glue(粘贴)/fix(固定)/paint(涂画)/hang(挂)+on脸/唇;微笑+decorate/adorn(装饰)/dress(打扮)/grace(美化)+脸/唇。

CCL中体现"微笑是饰品"隐喻的语例则多达882条,动词共21个,是汉语"微笑"构式中出现最多的隐喻类型。这些动词产生的隐喻意象非常丰富,"微笑"不仅可以如图画般"展开""挂"在脸上,还可以如脂粉般"堆"或"添"在脸上,更多的时候则像一些无名的小饰件,可"排"可"摆",可"戴"可"持","展现"或"呈现"在脸上以示己喜或讨人欢心。具体的表达式主要有:微笑+挂/堆/展现/展开/呈现+脸/嘴上;脸上+带着/挂满/堆起/现出/摆出/排出/保持/戴着/添增/带点+微笑。

5. "微笑是花"

在汉语中,形容人"幸福"或"欢乐"时,常说"心里乐开了花"或者"心花怒放",可见"幸福"在汉语中可以隐喻为"心花"(Yu,1998)[65]。同时,"微笑"的面孔也常被比喻为"花",常有"脸上笑开了花""笑脸如花""笑靥如花"之类的说法。从统计的英、汉语料来看,英、汉语中都存在"微笑是花"的隐喻,但都比较少见。COCA中体现这一隐喻的语例仅17条,动词仅2个,主要表达为:微笑+bloom(盛开)/blossom(绽放)+on/across脸/嘴/唇。CCL中相关汉语语例也仅19条,动词3个,主要表达式为:微笑+绽出/绽开/+脸上;脸上+绽出/绽开/绽放+微笑。

6."微笑是符号"

在极少数情况下,英、汉语也将"微笑"隐喻为"符号"。"微笑"的表情不仅表征着幸福情感,"微笑"时"脸"上皱起的纹理也好像书写在"脸"上的文字符号。英文语料中,体现这个隐喻的仅有8条语例,4个动词,主要表达式有:微笑+etch/engrave/carve(刻)+across脸。CCL中,有4条相关语例,2个动词,表达式为:微笑+写+脸上;脸上+镌刻+微笑。

7."微笑是行动"

"情感是动物"是英语中一个普遍的情感隐喻,被广泛地应用于不同情感的表达之中,派生出"愤怒是危险的动物","爱情"和"忧伤"是"捕获的动物","性欲是邪恶的动物"等次级概念隐喻(Lakoff,1987;Kövecses,1986,1998,2000等)。COCA分析发现,英语构式中"微笑"也常被隐喻为"动物",有时还被隐喻为"人"(如 A tired smile worked its way around Cisco's lips.)。英语语料中体现"微笑是动物或人"的动词非常丰富,但语义侧重点却有所不同,一些动词侧重描写"微笑"所做出的各种"行动",另一些则侧重描写"微笑"的动作作用于人体所产生的效果。下面将分开进行论述,这里先讨论描写"行动"的动词性隐喻。

COCA中体现"微笑是行动"隐喻的语例多达689条,动词达80个。根据动词所描写的"动物或人"的"行动"的不同,可将其分为"出现""逗留""消失""移动""耍斗""变化"6小类,主要有如下表达式:

(1)"出现"类:微笑+appear(出现)/come/arrive(来到)/return(回到)+on脸/嘴/唇。

(2)"逗留"类:微笑+remain/stay(逗留)/linger(徘徊)/hover(盘旋)/settle(定居)/rest(休息)/wait(等待)/lurk/hide/ambush(藏)/sit(坐)+on脸/嘴/唇。

(3)"离开"类:微笑+leave(离开)+脸/唇;微笑+run(跑)/go(走)/vanish/disappear(消失)+from脸/唇。

(4)"移动"类:微笑+cross+脸/嘴/唇;微笑+creep/crawl(爬)/steal/

sneak/slink(潜)/slide/slip(滑)/fly/flutter/flit(飞)/dance(跳)/worm(蠕)/pass/ move(经过)＋across/over 脸/嘴/唇；微笑＋spring(跃)/rise(起)/drop(落)/tremble/quiver(颤抖)＋on 脸/嘴/唇。

（5）"要斗"类：微笑＋touch(触)/strike(击)/tickle/tease/flirt(戏弄)/dominate/ overtake(控制)/occupy(占领)＋脸/嘴/唇；微笑＋play(嬉戏)＋on 脸/嘴/唇；微笑＋struggle/wrestle(打斗)＋with 唇。

（6）"改变"类：微笑＋transform/change(改变)/enliven/animate(使有生气)＋脸/唇；微笑＋form(成形)/develop(发展)＋on 脸/唇。

汉语语料中，也同样存在"微笑是行动"这个隐喻，但相关语例仅34条，动词9个，且没有出现"耍斗"和"改变"类的动词性隐喻。主要有如下表达式：

（1）"出现"类：微笑＋出现/来到＋脸/嘴/唇上。
（2）"逗留"类：微笑＋停留/留/隐＋ 脸/嘴上。
（3）"离开"类：微笑＋离开＋嘴。
（4）"移动"类：微笑＋掠过/跨过/爬上＋脸/嘴/唇。

8."微笑是力"

微笑时，人们面部常会出现各种伴随性的表情动作，如咧嘴、翘唇等，这些本是人的动作，但部分英文表达中将"微笑"作为这些动作的发出者，于是"微笑"被赋予了改变人的面部表情的力量。Lakoff 和 Johnson 曾指出，我们理解事物时使用的一个根本性的隐喻是"原因是力"(causes are forces)，常将引起事物状态变化的原因隐喻为促使事物位置变化的力(Lakoff,Johnson，1999)[178]。由于各种"情感"总会引起人们各种生理或心理上的变化和反应，因此产生了"情感是力"这个基本隐喻，被普遍用于"爱""怒""忧伤""惊讶"等情感表达之中(Kövecses,1986,1998,2000;Lakoff,Johnson,1980 等)。从 COCA 中来看，"微笑是力"的概念隐喻也普遍存在于英文表达中，共出现相关语例347条，动词46个。这些动词中，除了少数侧重表现"微笑"的"力"的作用方式以外(如 cut、slash 等)，大多数动词侧重于表现"微笑"的"力"作用于人体所产生的效果。根据作用效果或作用方式的不同，可以将 COCA 中体现该隐喻的动词大致分为"卷皱""提展"和"分切"三类，主要有如下表达式：

（1）"卷皱"类：微笑＋curve/curl/quirk/bend/double(卷曲)/distort/contort/twist/tweak/kink/warp(扭曲)/purse/compress(缩紧)/crease/crinkle/crumple(皱起)＋脸/嘴/唇。

（2）"提展"类：微笑＋lift/raise(提升)/tug/pull(牵拉)/stretch/expand/widen/(舒展)＋脸/嘴/唇。

(3)"分切"类:微笑+open/part(分开)/break/crack(打破)/split/slit(撕裂)/slash/cut(砍切)+脸/唇。

从CCL统计来看,汉语语料中也有体现"微笑是力"的语例,但仅出现2条,而且都来自于翻译文学作品中,都体现了"卷皱"类的"力"的隐喻,主要表达为:微笑+弄皱/弯曲+眼/唇。

就隐喻类型而言,英语"微笑"构式中使用最多的是"微笑"是"行动"(698例)和"力"(347例)这两种隐喻;其中,"行动"隐喻突出"微笑"在面部的各种动作变化,而"力"隐喻则强调"微笑"导致的面部表情的变化。因此,整体而言,英文表达更倾向于对"微笑"进行"动态"的描写。在整个汉语的"微笑"表达中,占绝对多数的是"微笑是饰品(882例)或液体(528例)"这两个隐喻,前者突显"微笑"的交际功能,将积极情感展示于人,后者强调"微笑"是内心情感的流露。因此,总体而言,汉语的"微笑"表达更倾向于强调"微笑"的情感表征功能。

如果进一步分析英、汉"微笑+动+人体"构式的语例就会发现,该构式中的"人体"在不同的语例中充当了两种不同的语义角色,一种表示动作发生的场所(location),如 *A smile flickered across his lips*;另一种表示动作作用的对象(object),如 *A smile curved his lips*。因此,相应地可以将上述构式再细分为两种,即"微笑$_{subj}$+动+人体$_{loc}$"和"微笑$_{subj}$+动+人体$_{obj}$"。"微笑"在这两个构式中都充当主语,但在能动性上有很大的区别。在前一种构式中,"微笑"后面的动词只表示出没、移动等语义,绝大多数是非及物动词,体现了"物质、物体"隐喻和"出现""离开""逗留""移动"类的"行动"隐喻;而后一种构式中,"微笑"是施事者,能发出作用于宾语的动作或力量,大多数为及物动词,体现了"要斗""改变"类的"行动"隐喻和各种"力"的隐喻。对比英、汉语"微笑+动+人体"构式中的动词就会发现,两者的一个根本区别就在于汉语语料中几乎没有出现"微笑$_{subj}$+动+人体$_{obj}$"这种构式,即"微笑"极少充当施事者的角色(仅有两例出现在翻译文学中)。

综合以上语言构式和动词性隐喻两个方面的比较,英、汉语中"微笑"表达的主要差异在于,英语的相关"微笑"构式中多以 smile 为主语,其后的动词多体现了"行动"和"力"隐喻,可充当施事者的角色,具有较高的能动性;而汉语相关构式中"微笑"通常不做主语,与之搭配的动词多体现"物质和物体"隐喻,基本不作施事者,具有相对较低的能动性。这些表达和思维上的异同是在语言文化的长期演变中逐渐形成的,并与翻译活动构成一定的相互影响。

3.2.3 英、汉"微笑"构式的承继和演变比较

前面分别比较了英、汉"微笑"构式和概念隐喻的不同,下面将从构式之间的承继关系(inheritage links)和历时演化两个方面来初步分析前述"微笑"构式差异形成的原因。洪堡特曾指出,"语言是一个民族的思维和感知的工具",并"通过一个民族的思维—感觉方式获得一定的色彩和个性,事实上,这种思维—感觉方式从一开始就影响着语言"(洪堡特,2009)[197]。因此,英、汉"微笑"构式之间的不同体现了英、汉语思维方式上的差异,但这种差异是在语言的使用过程中逐渐形成的,需要对"微笑"构式的演变进行历时考察才能有比较全面的认识。然而,虽然CLL中有古代汉语语料,但COCA中的历史语料仅上溯到1900年,因此这里主要通过抽样调查分析不同历史时期代表作家的作品等语料,以初步了解英文"微笑"构式的发展轨迹和思维方式的演变。

Goldberg将构式视为基本的语法单位,并指出新的构式产生的动因在于部分地承继了原型构式的特征,构式与构式之间存在"承继"(inheritage)关系(Goldberg, 1995)[67-95]。从前面的"微笑"构式的比较我们可以看出,英、汉语中最常见的"微笑"构式之一是"人+微笑",这实际上也是英、汉语表达"微笑"的最早的构式。据《英语词源大词典》(*A Comprehensive Etymonogical Dictionary of the English Language*)记载,古英语中表示"笑"的动词为"smerian",没有相应名词的词条。另据《牛津英语词典》(*Oxford English Dictionary*)记载,现代英语中的"smile"一词来自中古英语中的"smilen"一词,只用作动词,大概出现于1300年前后,在14~16世纪,有"smylle""smyle"等拼写变体;而"smile"作为名词,据现有资料显示,最早出现于1562年前后。可见,在古英语和中古英语时期,"微笑"主要被视为人物的动作,直到文艺复兴时期,相应名词的用法才大量出现。笔者检索了莎士比亚的戏剧和诗歌等全部作品,发现"smile"共出现195次,绝大部分用作动词出现在"人+微笑"构式中,但也有少数的名词用法分别出现在"人+动+微笑"和"微笑+动+物体"这两种构式中,如例3.1、3.2所示①。

---

① 作为有意思的英、汉对比,不妨看看朱生豪先生对这两个例子的翻译,分别为"去,你这妄图非分的小人,放肆无礼的奴才!向你的同类们去胁肩谄笑吧!"(朱生豪,1994)[133]"眉头一皱刨伤生,嫣然一笑就伤好。伤心人得到'爱'这样治疗,得说福气高"(朱生豪,1994)[389]原文中的两个"微笑"构式都被改成了"(人)+笑"这种更常见的表达方式。

> **例 3.1**
> Go, base intruder! Overweening slave!/Bestow thy fawning smiles on equal mates!
>
> **例 3.2**
> A smile recures the wounding of a frown;/But blessed bankrupt, that by love so thriveth!

在例3.1中,"smile"被用作名词,是"bestow"的宾语,成为可以给予他人的物质实体,并具有空间物体的数量特征(smiles)。从"人+微笑"到"人+动+微笑"的转变,体现了英语等欧洲语言的一个重要思维特点,Whorf称其为主观体验的"客体化"(objectification),即在想象中将非空间化的性质和潜质进行空间化,使其具有空间事物具有的属性,产生有关大小、数量、运动等方面的隐喻。(Whorf, 1965)[145]Lakoff后来在认知隐喻研究中将这种隐喻方式称为"本体隐喻"(ontological metaphor),并指出本体隐喻的一个延展就是拟人,即基于人的动机、动作、特征等来理解抽象概念。(Lakoff, 1980)[28]例3.2就体现了这种拟人手法,其中的"smile"具有"治疗伤痛"的能力,形成了"微笑+动+物体"构式。该构式中,"微笑"被人格化,充当施事者的角色。这也体现了Langacker等人所提出的语义演变过程中的一个普遍倾向,即"主观化"(subjectification),指语言表达从原来的客观描述变成了主观识解,语言的结构形式在一定程度上体现说话者的视角、情感和认识等。(Langacker, 2008[537]; Traugott, 1995)"主观化"也是语法演变的一个普遍倾向,一个重要方面就是非句子主语变成了句子主语。(Traugott, 1995;沈家煊, 2001)

由于"名词类可以独立存在,而动词类不能离开'东西'存在"(Whorf, 1965)[244],因此"微笑"从动词转变为名词的客体化过程,使"微笑"由原来附属于人物的动作变成了独立的实体,能够允许更广泛的概念操作。例如,原来基本上只能与数量非常有限的副词进行搭配修辞,而概念化为名词以后就能与种类丰富的动词、形容词、介词等进行搭配组合,并为进一步主观化演变提供了条件。在随后的主观化过程中,"微笑"可用作句子的主语,进行概念化操作的空间更加广阔。例如,在19世纪和20世纪的文学作品中就出现了"微笑+动+人体"这种构式,能够对"smile"进行更为细致生动的描写,并出现了前文所分析的"微笑"构式中出现的各类概念隐喻。很难想象,没有"微笑"的名词化和主观化以及随后的"微笑+动+人体"构式的出现,英语中很难会出现例3.3中这么细致生动的描写①。

> **例3.3**
>
> "Six years old!" said Mr Dombey, settling his neckcloth-perhaps to hide an irrepressible smile that rather seemed to strike upon the surface of his face and glance away, as finding no resting-place, than to play there for an instant.

那么汉语中的"微笑"构式经历了怎样的演变过程呢？我们检索了CCL的古代汉语语料库，发现含有"微笑"的语例2082例，基本上也都属于"人＋微笑"构式，其中只有179例体现了"人＋动＋微笑"这种构式。这少数的例外基本上都来自佛经翻译，该构式中使用的动词只有"现"或"呈现"两种，最早出现在隋唐时期的佛经译文中。例如，唐代僧人实叉难陀译的《大乘四法经》中就有"能救世间者,何故现微笑"之类的句子。但这种"微笑"构式在佛经之外的文本中极少出现，似乎没有对汉语本土的语言思维和创作产生大的影响。笔者还检索了中国古典文学的四大名著，共出现"微笑"38次，全部属于"人＋微笑"这种构式，没有出现"微笑"用作名词的语例。从现有的语料来看，直到清末民初时期，"人＋动＋微笑"和"人体＋动＋微笑"这两种构式才在文学作品中大量出现，说明汉语中"微笑"的客体化过程经历了更加漫长的时间。在近代之前的历史时期，"微笑"大多只作为人的动作出现，对"微笑"进行细节描写时大多采用连动句的形式，如某人"掩口微笑""拱手微笑""拈须微笑""抿嘴微笑""点头微笑"等。在CLL中没有出现"微笑"作为主语的语例，说明"微笑"的主观化现象直到现代汉语中才开始出现。通过进一步分析现代汉语语料库中"微笑"作为主语的语例会发现，"微笑"作主语基本上仅出现在"微笑＋动＋人体"这种构式中，极少用于"微笑＋动＋人体"这种构式(仅有的两例例外,且都来自翻译文学)。这说明，尽管清末民初以来，"微笑"在汉语演变中开始了主观化过程，但在主观化的程度上与英语相比还有很大的区别，汉语中的"微笑"基本不充当"施事者"的角色。

---

① 同样的构式和生动的描写在现代汉语中也能够得到保留和再现,如祝庆英先生的译文:"'六岁!'董贝先生说着理了理他的领巾——也许是要遮住一个抑制不住的微笑,这个微笑似乎一接触他的脸的表面就溜走了,仿佛一发现那儿不是逗留的地方便溜之大吉。"(祝庆英,1994)176

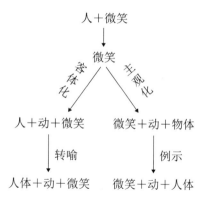

图3.1 英、汉"微笑"构式的承继和演变

总之,在语言的使用和演化过程中,英、汉"微笑"构式大致经历了类似的演变过程和承继关系(图3.1)。"微笑"一开始都被视为人的动作,主要作为动词使用,然后经历了客体化过程,"微笑"被隐喻为可与人分离的物体,用作宾语,最后又经历了不同程度的主观化过程,被用作主语。随着对"微笑"描写的具体和深入,对"人"的微笑的描写又转喻为"人体"的微笑的描写,出现了以"人体"为主语的"人体+动+微笑"构式。同时,随着"微笑"主体化进程的发展,也出现了以"人体"为宾语的"微笑"构式,可以视为"微笑+动+物"构式的具体例示。对比英、汉"微笑"构式的演变过程可以看出,英语"微笑"的客体化过程比汉语早,体现了英语更倾向于主客二分的思维方式,这种二分的思维方式使"微笑"异化为独立的客体,为后来进一步主体化提供了条件。但汉语似乎更注重和谐统一的观点,"微笑"一直作为"人"的动作,佛经翻译中将"微笑"用作名词的客体化表达并没有对这种观念产生大的影响。汉语"微笑"表达中的主客二分思维直到清末民初的文学作品中才普遍出现,可能是受到了当时广泛的跨文化交流和翻译活动的影响。在现代汉语中,"微笑"被视为动作主体的语例依然较少,与"人体"搭配时,"人体"仅作为"微笑"出没、移动的"场所"(通常会跟方位标记词,如"上""角""边"等),绝少用作"微笑"的宾语。英语中"微笑"+"皱缩"/"拉展"/"裂开"+"脸"/"嘴"/"唇"之类的表达,似乎违背了汉语中"人"和"微笑"之间的和谐观,"微笑"是"人"的动作,是出现在"脸""嘴""唇"上的表情,而不应是改变"身体部位"或与之"搏斗"的外部力量,因此汉语的习惯性思维中很少出现这类表达。然而,在CLL中,也出现了极少数的例外;而这些例外都来自翻译语料库,说明翻译具有直接引入新的思维和表达方式的功能。从前面的CLL中也可以看出,"微笑"的客体化过程最早是由佛经翻译开启的,而"微笑"主体化表达也是随着清末民初以来跨文化交流活动的日益增多而逐渐出

现。无疑,这种翻译活动对汉语习惯性表达和思维的影响,只有通过长期的历时语料才能具体观察出来,所以本节只是对英、汉"微笑"构式的演变过程进行了粗线条的大致勾勒。由于本章主要关注英、汉语言的思维差异对思维风格翻译的影响,下面将具体讨论英、汉"微笑"构式中出现的隐喻思维差异对《尤利西斯》中相关构式的翻译的影响。

3.2.4 "微笑"构式中思维风格的翻译

自沃尔夫等人曾提出"语言相对论"以来,使用不同语言的人会产生某种程度上不同的世界观的观点(沃尔夫,2001)[221]不仅在哲学界、心理学、文化人类学界等产生广泛的影响,而且也被文体学家运用于作家或小说人物的语言分析当中。Halliday(1971)最早指出,小说中描写人物的语言具有揭示人物世界观的功能,并以戈尔丁的小说《继承者》为例分析了原始人Lok的思维特点。Fowler也持同样观点,并提出了"思维风格"这一重要概念,认为作品中"一致的结构选择,累积性地把呈现的世界划分成这样或那样的模式,于是产生了世界观的印象,将称之为'思维风格'"(Fowler,1977)[76]。同时,他还进一步指出,"在根本的语言结构方面,能动性(agency)和'生命度'(animacy)是所说的'思维风格'的极重要的决定因素"(Fowler,1977)[106]。Leech和Short也明确指出"思维风格的一个重要方面是小句中的参与者关系(Leech,Short,1981)[189]。在这个层面上,能动性和责任之类的语义内容得到了明示",并认为可根据思维风格偏离常规的不同程度,将其分为正常、不常见和特别不常见等几种类型。

既然能动性是文学作品中思维风格的重要的决定因素,那么英、汉语"微笑"构式在能动性上的差异会对思维风格的翻译产生怎样的影响呢?下面以《尤利西斯》及其两个著名的中译本(分别为金隄、萧乾和文洁若夫妇所译,以下简称"金译"和"萧译")为例进行分析。笔者先以"smile"为检索词,对《尤利西斯》原著进行了全文检索,得到检索项107条,其中体现了前述各种"微笑"构式的语例共有54条。然后,逐条分析了两个译本对这些语例的翻译,比较了原文与译文的"微笑"构式类型和语例数量,如表3.3所示(为了便于分析比较,将前文中讨论的英、汉500例随机抽样语料的统计结果也附于表3.3中)。

表3.3 《尤利西斯》原文和译文中"微笑"构式的比较①

序号	构式\语料	原文	金译	萧译	英语抽样	汉语抽样
a	人+微笑	42	25(a:24,c:1)	20(a:17,b:1,c:2)	131	95
b	人+动+微笑	1	17(a:14,c:1,d:1,f:1)	19(a:19)	128	56
c	人体+微笑	5	4(c:3,f:1)	0	3	2
d	微笑+动+人	1	0	0	3	1
e	人体+动+微笑	0	6(a:2,b:1,f:3)	9(a:2,c:3,d:1,f:3)	6	62
f	微笑+动+人体	5	0	0	31	1
合计②		54	52	48	302	217

先看《尤利西斯》原文的数据,与英语抽样语料相对照就会发现,原文在"微笑"构式的使用上有个突出特点,即"微笑"多为动词(构式a和c,分别为42例和5例)或充当主语(构式f,共5例),但极少作为宾语(构式b和e分别为1例和0例),可见原文非常侧重"微笑"的动态描写,赋予了"微笑"较高的能动性。再比较两个译文和汉语的抽样语料可以发现,译文中"微笑"构式出现最多的是构式a、b和e(金译分别为25、17和6例,萧译分别为20、19和9例),都属于汉语抽样语料中的常规构式,体现了汉语对"微笑"的典型认识,"微笑"被视为人的"动作"或"动作对象",极少成为主语("微笑"为主语的d和f构式在两译文中都为0例)。如果将译文中的各个"微笑"构式与原文对照,可以发现两个译本都倾向于根据汉语表达习惯对原文构式进行调整。例如,就英、汉差异最大的构式e(人体+动+微笑)和构式f(微笑+动+人体)而言,构式e属于汉语的常规构式,尽管原文中出现0例,但两译本都在有意无意间将原文的其他构式(金译:a、b、f,萧译:a、c、d、f)改译成这种常规构式,分别达到6例和9例;相反,构式f属于汉语的非常规构式,这种构式在原文中出现了5例,但两译本中都为0例,大多被改译成汉语中常见的b、e构式。

由于构式f(微笑+动+人体)是前文讨论动词性隐喻所关注的主要构式,在英、汉语料中的差异也最大,因此下面将进一步结合这一构式来具体讨论英、汉思维差异对思维风格翻译的影响。如表3.3所示,《尤利西斯》全书中共有5

---

① 两个译本中,与原文"smile"对应的汉语译词主要有"微笑",也有其他含"笑"的词,如笑容、笑意、笑(了)笑、微微/淡然/粲然/嫣然/莞尔一笑等。

② 合计中,两个译文的语例总数比原文分别少2例和6例,主要是因为译文中部分语例中的"smile"被译成了动词状语,如"微笑着""笑嘻嘻地""笑吟吟地"等,不属于表中所列的各种构式。

条语例体现了 f 构式,具体如例 3.4~3.8①,同时列出了两个中译本中相关的译文以及笔者的改译。②

例 3.4

A flying sunny smile rayed in his loose features. (163)

a. 他的面容松开,阳光明媚地微笑起来。(金译,307)

b. 他那皮肉松弛的脸上闪过一丝开朗的微笑。(萧译,236)

c. 一丝灿烂的微笑闪过他皮肉松弛的脸颊。(改译)

例 3.5

A pleasant smile broke quietly over his lips. (3)

a. 他的嘴边浮起了一片和蔼可亲的笑容。(金译,4)

b. 他的唇边徐徐地绽出了愉快的笑意。(萧译,4)

c. 一个愉悦的微笑静静地在他的双唇上荡漾开来。(改译)

例 3.6

An imperceptible smile played round her perfect lips as she turned to him calmly. (194)

a. 她镇定自若地转身来对着他,鲜花般的嘴唇边游动着一丝难于觉察的微笑。(金译,370)

b. 她安详地朝他掉转过来,无比可爱的唇边泛着一丝若隐若现的微笑。(萧译,295)

c. 她平静地朝他转过身来,一丝若隐若现的微笑在她绝美的唇边嬉戏着。(改译)

例 3.7

A tolerant smile curled his lips. (5)

a. 他微微翘起嘴唇,露出宽大为怀的笑容。(金译,7)

b. 一抹宽厚的笑容使他撇起了嘴唇。(萧译,5)

c. ? 一丝宽容的微笑翘起了他的双唇。(改译)

例 3.8

A smile of light brightened his darkrimmed eyes, lengthened his long lips. (110)

---

① 全文例句中的黑体、斜体或下划线皆为笔者所加,例句后面的数字表示页码,后文不再加注说明。

② 改译意在揭示再现原文思维风格的可能性;部分改译前面标上了问号,表示该译文在可接受性方面可能存在质疑。

> a.他的黑框眼睛一亮,露出明朗的微笑,长嘴唇也更长了。(金译,206)
> b.开朗的微笑使他那戴着黑框眼镜的两眼炯炯有神,长嘴唇咧得更长了。(萧译,155)
> c.? 一丝明朗的微笑照亮了他那黑框眼镜下的双眼,拉长了他那长长的双唇。(改译)

为了能够进行比较直观地比较和分析,表3.4中列出了上面5个语例及其译文的构式句法和动词性隐喻。

表3.4 《尤利西斯》原文与译文的"微笑"构式句法和动词性隐喻比较

语例	原文		译例a		译例b		译例c	
	句法	隐喻	句法	隐喻	句法	隐喻	句法	隐喻
1	S+ray+in features	光	面容+S		脸上+闪过+S	光	S+闪过+脸颊	光
2	S+break+over lips	液体	嘴边+浮起+S	流体	唇边+绽出+S	花	S+唇上+荡漾	液体
3	S+play+round lips	行动	唇边+游动+S	行动	唇边+泛着+S	液体	S+唇边+嬉戏	行动
4	S+curl+lips	力	他+露出+S	液体	S+使+他+撇起+唇		S+翘起+唇	力
5	S+brighten+eyes	光	眼+露出+S	液体	S+使+眼+炯炯有神		S+照亮+眼	光
	S+lengthen+lips	力	嘴唇+更长		嘴唇+咧得更长		S+拉长+唇	力

注:S表示"smile"及其汉译词。

就句法形式而言,原文五个例句都属于"微笑+动+人体"的构式,句中"微笑"作为主语,是动作的发出者,属于句中得到突显的焦点信息;"人体"表示动作发生的场所(例3.4～3.6)或动作的对象(例3.7～3.8),属于句子的背景信息。先看看例3.4～3.6的译文,除了金译(a)以外,其他的都改译成了汉语中常见的"人体+动+微笑"构式,将原句中的焦点信息和背景信息全部互换了位置,"微笑"的能动性和受突显的程度都有所降低。这些句法形式上的调整显然主要不是出于翻译困难,因为"微笑+动+人体"构式在汉语中同样存在,完全可以如各例的改译那样保留"微笑"的主语位置。只是这种以"微笑"为主语的译文,在汉语中出现的频率不高，属于非常规构式，所以两个译本都不约而同地选用了"人体"为主语，使译文更加符合汉语的常规表达。和例3.4～3.6略有不同，例3.7和例3.8的改译则更多地体现了英、汉句法上的差异，原句中"微笑"为施事者，在汉语中极少出现，因此金译(a)分别将其改译为以"人"或"人体"为主语的常规构式("他+露出+微笑"和"眼+露出+微笑")，"微笑"从原文的主语和"施事者"变成了宾语和"受事者"，在句中受突显的程度和能动性都被显著降低；萧译(b)则都改译为使役句，虽然保留了"微笑"在原文中的主语位置，但从动作的发出者变成了动作产生的原因，能动性也有所降低。无论是将"微笑"逐出主语位置或将其改为"受事者"，各译例明显顺应了汉语中对"微笑"的认识，都通过句法形式的改变"调低"了原文中"微笑"的能动性。那么，例3.7和例3.8中的思维风格能否在译文中得到再现呢？如改译所示，汉语通过直译的方式可以再现原文独特的思维和表达方式，但产生的译文在很大程度上偏离了汉语的日常思维和表达习惯，因而是否会被读者接受仍受质疑。当然，这并非意味着这一类的直译从来就没有先例，事实上CCL中就出现了两个非常类似的译例，如"一丝尴尬但又淡漠的微笑弄皱了他的面孔"(马·巴·略萨《绿房子》)以及"一种轻柔的挑逗式的微笑弯曲了她的唇"(《心灵鸡汤》)。这两个译例是CCL中仅有的两个体现了"微笑+动+人体"构式的汉语语例，无疑为汉语引入新的表达和思维方式做出了可贵的尝试。

再看各语例中动词性隐喻的翻译。例3.4中，动词"ray"与"微笑"搭配体现了"微笑是光"的隐喻；金译选用了"人体+微笑"构式，由于动词为"微笑"本身，因而没有体现原文的动词性隐喻(但使用了"阳光明媚地"一词来表现原文的语义)；萧译中动词"闪过"则体现了"微笑是光"的隐喻。例3.5中使用了动词"break"，该词作为及物动词出现在"微笑"构式中时，体现了"开切"类的"力"隐喻，如 A smile broke the man's face。但这里被用作不及物动词，和介词over连用时多表示液体迸裂后的溢散①，可归入"液体"类的隐喻。金译和萧译分别将其译为"浮现"和"绽出"，体现了"流体"和"花"的隐喻。例3.6中，"play"体现了"耍斗"类的"行动"隐喻，CCL中没有出现体现这类隐喻的动词。金译中，译者创造性地将其译为"游动"，体现了"移动"类的"行动"隐喻，但略失原文的"嬉戏"之意。萧译中，"play"被译为"泛着"，体现了"液体"隐喻，在隐喻类型和动词语义上都不同于原文，"微笑"的能动性被降低。与前3例中的动词不同，例

---

① 笔者对COCA中与"break over"共现且充当主语的名词进行了检索，共得检索项287条，其中共现频率最高的五个名词依次为WAVE(30条)、WAVES(21条)、SUN(17条)、DAWN(14条)、STORM(12条)。可见与break over搭配的(逻辑)主语最常见的是液体，其次是发光体或光。

3.7和例3.8中都使用及物动词,在汉语中极少出现,不符合汉语的常规思维。例3.7中,"curl"体现了"卷皱"类的"力"隐喻,分别译为"翘起"和"撇起",在语义上与原文较为接近,但这两个动词的(逻辑)主语都被改译成了"人"("他");同样,例3.8中出现的"brighten"和"lengthen"这两个动词分别体现了"光"隐喻和"提展"类的"力"隐喻,金译和萧译将"brighten"分别译为"一亮"和"炯炯有神",将"lengthen"译为"长",语义上都很接近,但这些词的(逻辑)主语也都分别变成了"眼睛"或"嘴唇"。因此,例3.7和例3.8中动词所体现的"微笑"隐喻在译文中都没有得到再现。此外,在这两个例句中,金译和萧译都增译了动词"露出",体现了汉语中最常见的"微笑是液体"的隐喻。

可见,与对句法形式的大幅变动不同,两译本在动词的翻译上大多尽量靠近原文语义,这也从一个侧面反映了翻译意识中"重意义、轻形式"的传统倾向。然而,面对英、汉"微笑"构式在动词性隐喻上的客观差异,两译本都倾向于通过套用汉语中现有的隐喻动词或句法形式来迁就汉语常规的表达和思维习惯,很少在靠近原文的过程中创造新的隐喻表达。例如,原文中体现"行动"或"力"隐喻的3个动词(play,curl,lengthen),在译文中大多被置换成了汉语中常见的体现"液体"隐喻的动词"露出"和"泛着"(3.6(b)、3.7(a)、3.7(b)),或者被改成了以"人"或"身体部位"为(逻辑)主语的汉语常规句法形式(3.7(a)、3.7(b)、3.8(a、b))。总之,无论是构式句法,还是动词性隐喻,就《尤利西斯》中的"微笑"构式的翻译而言,两个译本在处理英、汉语表达和思维上的差异时都表现出了同样的"常规化"(normalisation)倾向,即"译者会有意或无意地对原文独特的文本特征进行处理,使其符合目标语言和文化的形式和规范"(Laviosa,2012)[108]。虽然这种"常规化"倾向是否构成普遍的翻译特征还有待更多的实证研究,但就《尤利西斯》中"微笑"构式的翻译而言,英、汉"微笑"构式所体现的表达习惯和思维方式上的差异无疑是相关译例表现出"常规化"倾向的主要原因。

3.3 小 结

结合构式语法理论和大型语料库的统计,本章从句法构式和动词性隐喻两个方面比较和分析了英、汉语的"微笑"表达,认为两者虽然具有类似的句法构式和动词性隐喻,但在句法形式的倾向性和动词类型两个方面存在较大差异,主要表现为在英语中"微笑"作为主语出现的频率更高、构式中使用的动词具有更高的能动性。最明显的例子就是英语中常见的"微笑＋动＋人体"构式,其中"微笑"充当主语和施动者角色,被赋予了极高的能动性;但汉语语料中基本没有这一构式,突显了英、汉语表达对"微笑"的能动性的不同认识。《尤利西斯》中的相关译例表明,受到这些表达和思维差异的影响,译文往往通过句法形式的调整和汉语中现有动词性隐喻的套用来进行翻译,有意无意地降低了原文中"微笑"的能动性,使译文符合汉语对"微笑"的能动性的常规认知,从而在不同程度上常规化了原文中独特的表达方式和思维风格,同时也使译文失去了引进新的思维和表达方式的机会。

作为语料库和认知理论的结合,我们认为构式语法和认知隐喻理论的引入,有利于具体而系统地比较和分析英、汉语表达和隐喻性思维的异同及其对翻译的影响,对语料库在语言学和翻译研究中的运用提供了新的思路。对于本书而言,本章的个案研究的意义在于揭示了英、汉语言在思维方式上的异同及其对文学作品中思维风格翻译的影响。首先,就"微笑"构式而言,英、汉语中存在类似的句法构式和动词性隐喻,因此《尤利西斯》原著中大多数"微笑"表达的句法形式和思维方式都可以通过直译的方法在译文中得到再现;即使是现有两个译本中表现出常规化倾向的那些译例,如各个改译所示,其中大部分表达的直译在汉语中也具有较高的可接受性。这就说明,在翻译文学作品中的思维风格时,应该对译文语言有意无意中表现出的常规化倾向保持警惕;尤其是翻译《尤利西斯》这样高度实验性的文学作品,更不能为了顺应目标语中常规的思维习惯而轻易改变原文中一些独特的表达和思维方式,否则就可能导致原文的文学性和诗学风格的丢失。其次,本章的个案研究也表明,英、汉语的"微笑"表达中确实存在能动性方面的思维差异,导致原文一些表达和思维方式无法在译文中得到直接的再现。无疑,个案所揭示的差异只是英、汉思维差异的一个很小的方面。那么,在面对英、汉语之间可能存在的各种各样的思维差异时,文学翻译该如何追求再现原文中的思维风格呢?此外,个案所揭示的英、汉构式在能动性上的差异,除了体现在"微笑"构式中的动词性隐喻上,还会在其他语言构式的其他方面有所体现吗?下一章我们将结合语言构式中非人称主语的翻译对这两个问题进行进一步探讨。

表3.5和表3.6分别列出了COCA和CCL中出现在"微笑＋动＋人体"构式中的各个动词及其出现的次数,既是本章进行动词性隐喻分析的原始数据,也具体地展示了英、汉"微笑"构式中可能出现的动词及其隐喻的异同。

表3.5 英语"微笑+动+人体"构式中的动词列表

概念隐喻		smile+VP+face	smile+VP+lips	smile+VP+mouth
物质、物体 (468/57)	液体 (48/10)	freeze 27 fill*7 cover*4 leak 1 drain 1 emanate 1 suffuse1 ooze 1 bathe*1 (44/9)	freeze 3 (3/1)	curdle 1 (1)
	流体 (177/11)	spread 145 float 4 drift 3 sweep 3 evaporate 2 emerge1 bubble 1 burst 1 explode 1 erupt 1 (162/10)	spread 6 drift 3 float 1 emerge 1 surface 1(12/5)	spread 1 float 1 emerge 1(3/3)
	光 (155/16)	light#51 flicker 31 fade 17 brighten*8 illuminate*6 dawn 4 flash 4 beam 3 shine 2 radiate*2 irradiate*2 warm*2 cloud*2 darken*1 (135/14)	flicker12 light 1 fade 1 shoot 1 (15/4)	flicker 4 shadow 1 (5/2)
	饰品 (65/14)	plaster 24 paste 6 fix 6 paint 5 hang 4 grace*3 stick 2 dress 1 decorate*1 adorn*1 envelop*1 annex*1 (55/12)	grace*3 hang 3 glue 1 decorate*1 clamp 1 (9/5)	stick 1 (1)
	花(17/2)	bloom 7 blossom 5(12/2)	bloom 2 (1)	blossom 1 (1)
	符号(8/4)	etch 5 engrave 1 carve 1 erase 1 (8/4)	(0)	(0)
动物 (698/80)	出现 (109/8)	appear 33 come 31 return 8 show 3 restore 1 (76/5)	come 14 appear 9 return 3 find*2 arrive 1 (29/5)	appear 3 start 1 (4/2)
	逗留 (42/13)	settle 4 remain4 linger 3 sit 2 hover 2 stay 2 rest1 (18/7)	hover 3 remain 2 linger 2 lurk 1 lock 1 ambush 1 settle 1 (11/7)	lurk 3 hover 3 linger 3 rest 1 wait 1 hide 1 secret 1 (13/7)
	离开 (37/6)	leave*12 vanish 7 disappear 5 go 4 die 2 run1 (31/6)	leave*2 die 2 vanish 1 go 1 (6/3)	(0)
	移动 (260/30)	cross*71 creep 39 steal 10 pass#9 fall 7 slide 6 flit 6 drop 5 sneak 4 slip 3 rise 3 spring 1 crawl 1 fly 1 worm 1 dance 1 edge 1 move 1 flutter 1 twitch 1(172/20)	cross*33 creep 4 tremble 6 quiver3 pass 2 move 2 brush*2 work*2 flit 1 rise 1 spring 1sneak 1 dance 1 falter 1 slip 1 slink 1 dust* 1 graze1 dash1 suspend 1 (66/20)	creep 7 twitch 7 edge 2 flit1 slide1 sneak 1 cross*1 flutter 1 pass 1 tremble 1 (22/10)

续表

概念隐喻		smile＋VP＋face	smile＋VP＋lips	smile＋VP＋mouth
力量 (347/46) 力量 (346)	耍斗 (185/14)	play 20 take*10 touch*3 strike*1 dominate*1 occupy*1 help*1 (37/7)	play 64 touch*33 tickle*4 tease*4 flirt 1 struggle*1 wrestle 1 take*1 (109/8)	play 24 touch*11 flirt 1 tease 1 overtake*1 threaten*1 (39/6)
	改变 (65/9)	form 20 grow 17 transform*9 change*3 develop 1 animate*1 accent*1 (52/7)	form 11 enliven*1 ease 1 (13/3)	(0)
	卷缩 (156/24)	crease*20 crinkle*5 kink*2 dimple*2 crumple*1 ring*2 distort*1 pinch*1 double 1 (35/9)	curve#33 curl#19 crease*5 twist*4 bend*3 twitch*3 tip 1 quirk*2 warp*2 thin 1 contort*1 purse 1 tweak*1 (76/13)	curve#18 curl#10 quirk 5 twist*4 tilt*2 crease 1 dimple 1 tweak 1 push 1 tip 1 compress 1 (45/11)
	提展 (117/13)	stretch#19 soften*5 expand*1 unfold 1 pull 1 (27/5)	tug15 lift*11 pull#8 stretch*5 turn 4 raise*1 tilt*1 widen*1 (46/8)	tug 22 pull 8 lift 4 turn 4 soften*3 pluck 2 widen 1 stretch 1 broaden 1 (46/9)
	开裂 (74/9)	break#43 split*10 crack*5 open#3 slit *2 slash 2 cut 2 slice*1 part*1 (69/9)	part*4 split 1* (5/2)	(0)
合计 (1513/183)		931/126	402/85	180/57

注：各动词后面的数字表示含有该词的语料数，表中括号内的两个数字则分别表示体现该种类型隐喻的语料数和动词数。由于表中省略了动词后面的介词，"*"表明该词为及物动词，"#"表明该词兼为及物动词和不及物动词，"*"表示后面带名词的动词短语。

表 3.6　汉语"微笑+动+人体"构式中的动词列表

概念隐喻		微笑＋VP＋脸/面	微笑＋VP＋嘴/唇	脸/面＋VP＋微笑
物质、物体 1572/66	液体 (528/26)	露出4 流露2 露着1 洋溢1 冻结1 溢散1 凝在1 荡漾1 散布1 (13/9)	漾在1 凝固1 (2/2)	露出220 露(着)163 流露29 含(着)28 洋溢26 漾起/着/出/开/满14 荡漾/起/开8 显出/露8 充满7 透(着)4 溢满/出3 挤出2 残留1 (513/21)
	流体 (122/8)	浮上5 浮现2 (7/2)	浮上4 浮现3 浮2 (9/3)	浮现25 浮着22 浮起19 浮出19 泛起/出/着19 浮上2 (106/8)
	光(17/6)	闪烁1 闪现1 (2/2)	(0)	闪过8 闪着4 闪出2 投出1 (15/4)
	饰品 (882/21)	挂在7 挂满2 展现2 挂在1 展开1 带上1 呈现1 (15/7)	挂在6 挂上1 堆在1 (8/3)	带(着)633 挂(着)151 现出18 挂满12 堆着9 堆满6 挂出/上/起6 呈现3 保留2 戴(着)2 摆出2 摆布1 排出1 堆起1 展开1 添增1 带点1(859/20)
	花(19/3)	绽开2 绽放1 (3/2)	(0)	绽出9 绽开6 绽放2 (16/4)
	符号(4/2)	写在3	(0)	镌刻1
动物 35/10	出现(23/3)	出现5 (5/1)	出现6 来到1 (7/2)	出现11 (11/1)
	逗留/离开 (7/4)	留在3 (3/1)	停留1 离开2 (3/2)	隐着1 (1/1)
	移动(32/6)	掠过10 爬上1 (11/2)	掠过3 跨过1 兜上1 悬1 (6/4)	掠过17 (17/1)
力量(2/2)		弄皱1 (1/1)	弯曲1 (1/1)	(0)
合计99/40		63/28	36/17	1548/60

第4章

思维风格表征之非人称主语及其翻译

从第3章"微笑"构式的个案分析可见,由于人类的情感体验的相似性,不同语言之间的情感隐喻存在共通之处;但英、汉"微笑"构式中的动词性隐喻的比较分析表明,英、汉语言在具体的思维方式上存在一些明显差异;正是因为有了这些差异,翻译才则常常会有出现常规化的倾向,包括对原文句法形式的调整和对原有思维方式的改变,导致原文思维风格在译文中的变形。这似乎给文学作品中思维风格的翻译带来了难题。一方面,语言间如果存在思维差异,必然会在翻译过程中导致原文语言表达和思维方式的改变,否则译文在可读性上会显得难以接受;而另一方面,思维风格的翻译要求尽量在译文中保留原文独有的表达和思维方式,否则译文在文学风格上会有所损失。因此,本章首先提出了思维风格翻译的基本假设,即思维风格翻译就是再现原文偏离常规所产生的诗学效果,然后以《尤利西斯》中的非人称主语的翻译为个案,讨论了思维风格翻译的必要性和可能性。

4.1 思维风格翻译的基本假设

Berman在《翻译与异的考验》一文中曾指出,面对语言文化中的异质因素,翻译时应"在字上下功夫"(labor on the letter),进行"直译"(literal translation),"一方面重现作品的特殊的表意过程(the particular process of signifying)(而不仅仅是作品的意义本身),另一方面转变译入语"(Berman,2000)[297]。Benjamin在《译者的任务》一文也指出,"一部译作不是要仿造原文的意义,而必须要淋漓尽致地整合原文的表意方式(original's mode of signification)"(Benjamin,2000)[21]。笔者认为,对原文"表意方式"的保留,其实质就是保留原文语言的思维方式。在追求思维风格再现的翻译过程中,语言之间的差异,不仅构成了翻译的困难,同时也构成了翻译的动力和价值所在。因此,这种保留原文思维方式的翻译无疑具有引进新的语言构式、丰富译入语的作用。

无疑,当语言间的思维差异没有造成无法逾越的直译困难时,Benjamin和Berman等人强调的重现原文表意方式的直译方法,可能是再现原文思维风格的最理想的译法。然而,需要承认的是,由于语言之间思维差异的客观存在,这种直译方法在实际翻译活动中有时会难以付诸实践,有时甚至没有必要。说有时难以付诸实践,是因为这种直译方法对译者的要求很高,而且最高明的译者有时也不一定就能创造出兼顾原文语义和表意方式的译法;当两种语言在具体构式上存在明显思维差异时,这种兼顾原文表意方式的译法在译入语中很可能会显得非常生硬,往往难以为普通目标语读者所接受。那么,为什么说再现原文的"表意方式"或思维方式有时甚至会没有必要呢?首先需要区分文学翻译和非文学翻译。非文学翻译往往以信息传递为主,原文的思维方式自然不属于必须传递的内容。正如Newmark曾指出,"说话者的思维"(the mind of the speaker)(Newmark,1988)[39-40]是表达类文本的核心,但在信息类文本中几乎不扮演任何角色。其次,在文学翻译中,在追求再现原文的思维风格时,在认识上也需要区分两种情况。一种是原文所体现的一个民族语言的思维方式,另一种是原文所体现的个人语言的思维风格。当年鲁迅先生曾指出,"中国的文或话,法子实在太不精密了……这语法的不精密,就在证明思路的不精密,换一句话,就是脑筋有些糊涂",其所痛心疾首的当是中国民族语言及其思维方式,并且提出了改造性的翻译方法,"要医这病,我以为只好陆续吃一点苦,装进异样的句法去,古的,外省的,外府的,外国的,后来便可以据为己有"(鲁迅,2009)[346]。为了改造民族语言和思维,鲁迅先生强调翻译不但要"输入新的内容",也要"输入新的表现法",并进而主张供给"很受了教育的"读者的译本应采用"宁信而不顺"的直译方法(鲁迅,2009)[346]。鲁迅的主张和Berman等人的观点类似,都强调通过翻译来引入原文语言或思维上的异质因素,从而达到改变和丰富目标语的目的;但鲁迅也承认这种译法产生的译文可能是"不顺的",读起来"必须费牙来嚼一嚼"、需要"陆续吃一点苦"的(鲁迅,2009)[346];事实上,鲁迅的一些译文也的确曾被一些批评家们斥为"硬译"和"死译"。可见,追求再现另一个民族语言表达和思维方式的直译法,即使是鲁迅先生这样的语言和文字高手,其某些硬译的译文尚不被读者和批评家所接受,对于一般译者而言,其挑战性更是可想而知。一个民族的语言,往往经历了数千年甚至更长时间的历史演化,其所体现的习惯性的思维方式早已构成该民族最根本的世界观和民族心理的一部分;在一种语言中习以为常的表达和思维方式,如果直接移植到在另一种语言中,可能会显得很不自然、甚至荒诞不经。这些差异往往构成直译的种种困难,因此通过翻译改造和丰富民族语言的表达和思维方式的努力,注定会是一个漫长的消化吸收的过程,无法由某一个译者或在某一部译作中做到一蹴而就。因此,在文学翻译中,译者追求再现的往往不是民族语言的思维方式,而是作者语言表达所体现出来的个人的思维风格。

当然,个人语言的思维风格是基于民族语言的思维方式的,两者往往混杂在一起,很难截然二分;然而,文学语言的一个本质特征就在于它的文学性,表现为文学语言对日常语言的偏离,从而具有一定的个人特质。正如Stockwell

所言,虽然个人视角与集体视角往往很难区分,但"可以将思维风格定义为所呈现的高度变异的或至少是非常不常见的世界观"(Stockwell,2009)[125]。因此,个人思维风格可以视为是常规的集体思维方式的变异。在另一部著作《认知诗学导论》(2002)中,Stockwell也曾借助图式理论(schema theory)对日常语言和文学语言进行类似的区分。他指出,图式理论是较早用来分析文学作品的一种认知理论,"在语言学领域,图式一开始也被称为脚本(script),是指从记忆中获得的帮助理解话语的概念结构"(Stockwell,2002)[77]。概念图式是人们进行概念化和思维的工具,一些在日常生活中经常用到的图式便形成我们惯常的思维方式,并在日常语言表达中得到确认和强化。但和日常语言重复和强化概念图式不同,好的文学语言往往会在一定程度上偏离日常的概念图式,挑战读者现有的知识结构,具有"图式阻断"(schema disruption)或"图式更新"(schema refreshment)的效果(Stockwell,2002)[79]。事实上,Stockwell所分析的图式更新相当于形式主义诗学中的"陌生化"(defamiliarization)概念,即通过图式理论的引入,将研究的焦点从文本转移到读者,从认知的角度揭示了文学语言产生诗学效果的原因,即对常规的概念图式的偏离。由于常规概念图式体现着常规的思维模式,文学语言在对常规思维模式的偏离中会产生一定的思维风格,思维风格的翻译需要尽量再现的就是这种偏离所产生的诗学效果。因此,本书提出思维风格翻译的基本假设,即原文思维风格的翻译并不是将原文表达式的思维方式直接"复制"到译文表达式中,而应该体现原文表达式所产生的认知效果,即将原文相对于常规图式所产生的偏离效果映射到译文中,使译入语也产生类似的偏离译入语常规图式的诗学效果,如图4.1所示。这个基本假设也表明,我们认为思维风格是可译的,因为尽管不同民族语言之间存在着种种具体表达上的差异,致使部分表达和思维方式无法在译文中直接得到再现,但由于人类的深层次的基本生活体验是相通的,原文中的文学性语言偏离常规思维所产生的思维风格即诗学效果总能在译文中通过一定的方式得到体现。

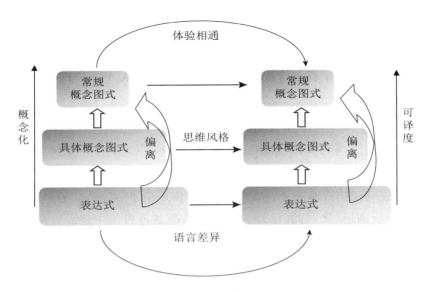

图 4.1　思维风格翻译的基本假设

在《诗学效果》一书中，Pilkington 从语用学的关联理论出发对诗学效果进行了系统分析，提出应当将文学性定义为"心理或大脑中通过语言激发的认知事件"，并强调文学性"不是文本属性，而是认知属性，是文本作用于读者产生的效果"，产生于文本的加工过程中，包括搜索理解文本的背景知识，领悟含义或阐释态度等（Pilkington,2000）[189]。

既然诗学效果产生于读者的文本加工过程，因此诗学效果的重构就意味着译者应当使译文读者也经历一个类似的认知加工过程。Boase-Beier 在讨论思维风格的翻译时曾指出，"如果思维风格在重构认知状态的过程中产生的效果在于鼓励读者经历一系列的认知过程，那么在译文中，重构风格的尝试至少能将译文读者带入一系列对等的（即同样有趣和有意义的）认知过程"（Boase-Beier,2003）[264]。在《翻译文体学研究》中，Boase-Beier 重申了类似的观点，认为如果将文体效果视为个性化的思维表征和思维过程，那么重构诗学效果的努力将是鼓励读者经历特定的认知过程。她接着指出，尽管在文学阅读中读者的认知过程可能会随着认知背景如信仰、知识和态度等的变化而发生改变，"但如果读者经历了类似的过程，原文和译文中就有可能获得类似的效果"（Boase-Beier,2006）[63]。综上所述，思维风格的翻译，就是通过一定的语言手段使译文读者有可能和原文读者一样经历类似的认知过程，从而产生类似的认知效果。

4.2　非人称主语:思维方式与诗学倾向

前文的"微笑"构式的个案研究表明,在英、汉的习惯性思维和表达中,"微笑"被赋予了不同的能动性。这种能动性的差异既体现在构式中的动词性隐喻上,又体现在句法构式倾向上,从而对相关译例产生了"常规化"的影响。然而,除了前面分析的"微笑"构式以外,在英、汉语的其他表达中是否也存在类似的能动性方面的差异?这些差异又会对思维风格的翻译产生怎样的影响?对这些问题的探讨会涉及语言的方方面面,为了使回答具有一定的针对性,下面将仅结合英、汉翻译中经常涉及的非人称主语[①](impersonal subject)问题来进行具体分析,以求用管中窥豹的方式来进一步讨论思维风格翻译的可能性和必要性。

在主语的使用上,英、汉语的一个显著的区别很早就引起了学界的关注,即"我们说中文时,惯常都要用人或生物作主语,而英文则爱用无生物作主语"(钱歌川,1981)[1]。后来,这一语言差异常被归因于英、汉思维方式的不同。刘宓庆是国内较早进行英、汉语言和思维比较的翻译学者之一,曾用专门章节分析和比较了英、汉的思维方式的不同,指出"汉语注重主体性叙述,英语兼顾主体性与客体性叙述,倾向于客体性叙述"(刘宓庆,2006)[498];其中的一个具体体现就是,"英语常使用非人称主语,汉语常用人称主语",因而在英、汉翻译时常常需要进行"物"和"人"之间的转换(刘宓庆,2006)[498]。潘文国(1997)也持类似观点,认为"与只强调主体意识的汉语相比,英语经常强调客体意识的特点非常突出,因此我们可以把主体意识与客体意识的对立看作两种语言对比的又一大特点",翻译时"常需进行相应的转换";同时指出,有些"英语的非人称句……翻译成汉语时必须转换成以人开头或暗含以人开头的句子"。

无疑,这种语言间思维模式的比较,为英、汉语言对比提供了新的分析视角,所指出的转换译法也为解决翻译中的相关难题提供了一种有效途径。然而需要指出的是,这种转换译法是着眼于英、汉思维差异,甚至对立,而提出的解

---

① 目前学界大多将主语区分为人称(personal)和非人称(impersonal)两种,其中人称主语主要指以人(含人称代词)为主语,其余则归为非人称主语或物称主语;但也有部分学者根据有无生命,将主语其分为有灵(animate)主语和无灵(inanimate)主语两种。就概念内涵而言,非人称主语涵括了无灵主语。

决办法,其特点在于不同思维方式之间的转换,强调将英语的非人称主语变成汉语的人称主语或暗含人的主语,可以说是一种改变了原文思维和表达方式的翻译方法。表达方式与语言风格密切相关,前者的变化常会带来后者的改变,因此这种转换译法如果被不加甄别地用于文学翻译中似乎会带来某种诗学上的"先天不足"。由于这种转换译法在学界影响广泛,在国内一些重要的翻译教科书中也常作为基本的翻译技巧介绍给读者(方梦之,2005;连淑能,2006;冯庆华,2008等),但对其在文学翻译中的适用性问题鲜有讨论,因此以下几个问题就值得进一步思考:就非人称主语而言,英、汉语在思维模式上有着怎样的异同? 非人称主语的翻译除了进行"非-人"主语转换之外,还有其他可行的译法吗? 在文学翻译中,这些不同的译法在诗学上具有怎样的得失?

  为了了解英、汉语中的非人称主语的异同,我们不妨先看看英、汉语中主语的使用情况。对于句子主语的选用,结构语言学、功能语言学和认知语言学的学者以及一些心理学家都做出了很多有益的讨论(王寅,2006,2010),其中基于认知视角的最近的研究主要有Langacker对句子结构进行的相关分析(Langacker,2008,2009)[109-147]。Langacker认为,句子主语的选用涉及概念结构两个基本方面的互动,一个是事件本身固有的概念内容,即语义角色;另一个则是语言结构强加于事件的主观识解,即焦点突显(focal prominence)。(Langacker,2008)[365]根据Langacker的分析,英语中能够用作主语的语义角色主要有参与者和环境两大类,可具体细分为以下8种"原型角色"(archetypal roles),包括施事者(agent)、经验者(experiencer)、移动者(mover)、受事者(patient)、自在者(zero)①、工具、场所和抽象环境等(图4.2)。图4.2中的语例都选自Langacker(2008,2009)的相关分析,其中除了施事者和经验者选用了人称主语以外,其他的语义角色都选用了非人称主语;后附的汉语译文中,笔者将这些英文例句都相应地译成了汉语的人称主语句或非人称主语句。对照原文这些语例及其译文,我们可以发现英语中的这些语义角色在汉语中同样也可以用作主语,其中的非人称主语句也都可以直接译成汉语的非人称主语句(图4.2)。

---

① Langacker用"zero"一词指"概念意义极小和不鲜明的参与者的角色……仅表示参与者存在、处于一定场所或表现出静态的特征"。这里将这类参与者的语义角色意译为"自在者"。

```
         ┌ 施事者    She resented his rude behavior(她憎恶他的粗鲁行为)
         │ 经验者    I itch all over(我全身发痒)
   参    │ 移动者    The door opened(门开了)
   与    ┤ 受事者    The glass broke(玻璃破了)
   者    │ 自在者    The pole is long(竿子很长)
         └ 工  具    A hammer broke the glass(锤子砸破了玻璃)

   环 ┌ 场   所   Florida experiences a lot of hurricanes(福罗里达州经常遭遇飓风)
   境 └ 抽象环境   It's raining big drops(天正下着大雨)
```

图4.2 英、汉语主语的典型语义角色

虽然这些语义角色都有可能成为主语,但成为主语的可能性不尽相同,不同的语言倾向于选择不同的语义角色作为典型主语。Langacker曾指出,英语属于具有强烈施事者倾向的语言,在实际使用中最常见的"原型主语是施事者",而典型的施事者是"作为人的行动者"(human actor)(Langacker, 2008)[367,370]。Stockwell从认知文体学的角度也曾提出判断主语典型性的四个标准,其中最主要的是语义角色和移情性(empathy);他也认为英语的典型主语通常为施事者,按移情性的高低则依次为人、动物、客观物体、抽象事物等(Stockwell, 2002)[61]。由此可见,尽管如前述国内学者所言,英语中使用非人称主语的情形要多于汉语,但就英语本身而言,其典型的主语也是人称主语,这一点和汉语的情形相似。如果按照有关学者的观点,认为人称和非人称主语分别体现了主体和客体意识的话,那么可以说,英、汉语都兼有主体和客体意识,而且都以主体意识为主。

既然英、汉语都以人称主语为典型主语,下面再看看非人称主语在英语中的具体使用情况。Langacker曾对各个原型语义角色的内容进行了简短的分析,原型语义角色中的施事者和经验者通常指人,移动者和自在者可以指人也可以指物,受事者大多指物,而工具、场所等则基本指物。(Langacker, 2008)[356]据以上分析,如果将这些语义角色按照指人的可能性进行降序排列,大致可以得到一个从"人"到"非人"的主语序列图,如图4.3所示。图4.3中,越靠近左边的语义角色指人的可能性越高,因而充当人称主语的可能性越大;越靠近右边的语义角色指人的可能性越低,因而充当非人称主语的可能性越大;中间则形成两可的交叉地带。

图4.3 人称主语和非人称主语的原型语义角色

就非人称主语而言,显然,这仅是根据Langacker对语义角色的分析而做出的描述,而语言实际使用中影响主语选择的还有另外一个重要因素,即使用者的主观识解。Langacker曾指出,"事实是,主语始终是强加的,是一种主观识解,从来不是所描述的情境所固有的"(Langacker,2008)[368]。语义角色的不同倾向性只是形成了这些语义角色的常规用法,但在实际使用中,出于各种目的,使用者常会突破这些常规,创造各种语义角色的非常规用法,从而使其表达具有某种明显的诗学效果。

其实国内外学者对非人称主语的诗学效果和风格特征早已有所觉察,一般认为英语的非人称主语句属于"正式的书面语"(Leech,Svartvik,2003)[13],"是一种冷静客观的叙述"(潘文国,1997)[365],当"无生物或抽象概念"为主语时,代表着"一种拟人化的诗学倾向"(Jespersen,1924)[236]等等。但是这些观点大多只是一笔带过,鲜见具体的论述;在讨论英、汉翻译时,现有文献大多着眼于英、汉思维模式的对比,强调非人称和人称主语之间转换的必要性,对非人称主语背后的"诗学倾向"以及其他可能的译法都未见专门的讨论。例如,下面几个非人称主语句曾在一些英、汉对比和翻译的著作中多次出现,相关学者都强调要将原文中的非人称主语转换成汉语中的人称主语。(刘宓庆,1991[462-463];2006[498];潘文国,1997[364])

> **例4.1**
> His new book hits off the American temperament with amazing insight.
> a. 他在新作中对美国人性格的描写可谓洞察秋毫。(原译)
> b. 他的新书对美国人性格的描写可谓是惟妙惟肖、入木三分。(改译)
>
> **例4.2**
> Astonishment, apprehension, and even horror oppressed her.
> a. 她感到心情抑郁,甚至惊恐不安。(原译)
> b. 惊讶、不安、甚至恐惧一齐压上她的心头。(改译)

仔细分析原文就会发现,例4.1中的主语是物称名词"book"(书),充当施事者的角色,属于传统修辞中的借代手法,即用作品指代作家,体现了典型的"转喻"(metonymy)思维;无疑,这种思维和表达方式在汉语中也同样存在。

例4.2中由三个抽象名词作为并列主语,充当施事者的角色,具有明显的Jespersen所说的"拟人化的诗学倾向",使抽象概念具有了类似于人的意识和活动能力。同样,这种拟人化的隐喻思维在汉语中也普遍存在。既然这些非人称主语句所体现的思维方式是英、汉所共有的,说明了这类句式具有一定的可译性;而其具有的"诗学倾向"则说明了翻译中尽量保留原文思维方式的必要性。然而,这些翻译著作中提供的译文都进行了"非-人"之间的转换,使原文中的思维和表达方式在译文中踪迹全无。那么,是否这些思维和表达方式都无法在汉语中得到再现呢?笔者尝试着将这些英语非人称主语句译成汉语的非人称主语句(简称为"非-非"译法),发现也并非不可能。

如果比较原译和改译,也许不难发现这些"非-非"译法不仅忠实于原文的语义信息,而且能够再现原文偏离常规表达所产生的诗学效果。因此,有必要重新审视一些翻译著作和教材中所提倡的"非-人"转换译法在文学翻译中的适用性问题。当然,这并非要否认"非-人"转换译法存在的必要性。由于英、汉语言之间差异的客观存在,翻译中肯定存在非人称主语不得不转换成人称主语的情况。然而,必须认识到,这种译法是以改变原文的思维和表达方式为代价的,在信息类文本的翻译中尚无不可;但在文学翻译中,由于原文的非人称主语往往体现了作者个人的思维风格,具有一定的诗学倾向;如果在翻译中被不加辨别地转化成人称主语,就有可能会导致原文文学性的丢失和思维风格的改变。

4.3 非人称主语与思维风格

前面曾经提到,根据Fowler的相关论述,能动性和"生命度"(animacy)是思维风格的非常重要的决定因素"(Fowler,1977)[106]。Leech和Short也同样指出能动性是思维风格的一个重要方面(Leech,Short,2001)[189]。

既然能动性和生命度是思维风格的重要决定因素,而人称和非人称主语所区分的"人"与"物"恰恰在这两个方面都存在着根本的区别,因此必然反映了不同的思维方式。洪堡特曾以美洲原住民的语言为例,指出可以从一种语言的语法范畴是否"区分了有生命性和无生命性"来"推知使用这种语言的人对有关事物的看法","观察到他们的智能特性"(洪堡特,2009)[204-205]。同样,Whorf在分析霍皮语中动词的不同"体"的范畴时,也提到有生命主语和无生命主语与一些动词搭配时频率上的区别,并认为这些动词的隐性范畴体现了"霍皮语观察者构建事件的方式"(Whorf,1956)[104-107]。如果说语言学家的这些分析所关注的是一个民族语言特征所体现的思维方式的话,那么文体学家所关注的则是文本语言所营造的作家、叙事者或小说人物的思维风格。Halliday以小说《继承者》中描写小说人物Lok的语篇为个案,将语篇中出现的主语分为人、人体部位和非灵物体(inanimate objects)三类;他指出,该语篇中有一半的主语为人体部位或非灵物体(大多为自然环境),极少出现以人为主语的含及物动词的小句,并认为这些文本特征表现了原始人面对环境时的无助感以及看不到事物因果关系的思维局限性(Halliday,1971)[349-354]。Fowler在分析同一语篇中Lok的思维风格时也指出,该语篇中极少出现以人为主语的及物小句("主语+动词+宾语"),说明了前技术时代的人的世界观中可能缺少对人操控环境与他人的能力的认识(Fowler,1977)[105]。与Halliday和Fowler主要关注小说人物的思维风格不同,Leech和Short则把重点转向了作家和叙事者的思维风格的分析,并在部分案例中阐释了非人称主语所具有的揭示作家思维风格的作用。例如,在分析哈代的《还乡》中一个描写片段时,他们认为自然环境的拟人化描写似乎"抹去了有灵的人和无灵的自然在字面意义上的区分",从而突显了"这段描写所具有的力量以及一个乡村悲剧的背景所具有的哈代式特质(Hardysque quality)"(Leech,Short,1981)[199]。在分析乔伊斯的短篇《两个浪汉》(*Two Gallants*)时,他们认为作者描写故事人物Lenehan的独特之处在于,经常用人物的身体部位或抽象情感来充当小句中的行动者,产生了人物的行动"总是由外部力量激发"而非"出于个人主动"的人物形象(Leech,Short,1981)[194]。Leech和Short认为,如果类似手法被一个作家在不同作品中反复使用,这种选择应被视为作家的"典型风格"的一部分,"其典型意义并不在于他对某些类型的语言表达的偏爱,而在于这些语言表达所代表的思维风格"(Leech,Short,1981)[196]。

既然非人称主语是文学家们营造特定诗学效果时普遍采用的一种语言手段,同时又可能构成其典型思维风格的一部分,下面以乔伊斯的经典名著《尤利西斯》为例,探讨该小说中非人称主语所体现的思维风格及其汉译情况。

4.4 《尤利西斯》中非人称主语与思维风格的重构

《尤利西斯》是现代主义文学的一座难以超越的丰碑,其具有的经典地位与作者高度实验性的语言风格是分不开的。有评论家曾一针见血地指出,《尤利西斯》中的真正主角既不是布卢姆先生,也不是斯蒂芬,而是语言。(Gilbert,1952)[82]著名符号学家Eco也曾明确指出,《尤利西斯》实现了"从'意义'作为表达的内容到表达的形式作为意义的急剧转变",小说的语言形式表现了小说的主题,即"拒绝和毁灭传统的世界",并认为这一主题是"乔伊斯诗学的核心特征"(Eco,1989)[35,37]。

既然乔伊斯的语言实验旨在颠覆传统,那么具体在非人称主语的使用上作者会表现出怎样的思维风格呢?由于《尤利西斯》的篇幅宏大,我们这里主要以小说第一章为具体个案,然后再结合其他章节来进行进一步的讨论。首先,笔者对小说原文第一章进行了逐句分析和统计,发现含非人称主语的小句共有128例(含人称主语的小句为581例);然后根据前文中Langacker区分的8种语义角色,对这些非人称主语进行了分类,分别统计了各类非人称主语小句的数量(统计分析中未发现以"工具"为主语的小句)以及在金译和萧译两个译本中的翻译情况,如表4.1所示。

表4.1 《尤利西斯》第一章中的非人称主语及其汉译

原文	语义角色	施事者	经验者	移动者	存在者	受事者	场所	环境	合计
原文	非人称主语	15	17	24	28	9	8	27	128
金译	非人称主语	12	12	22	23	7	6	11	93
金译	人称主语	3	5	2	0	0	1	2	13
金译	零主语	0	0	0	5	2	1	14	22
萧译	非人称主语	15	15	23	22	8	6	13	102
萧译	人称主语	0	2	1	1	0	1	3	8
萧译	零主语	0	0	0	5	1	1	11	18

从表4.1的"合计"可以看出,原文第一章中含非人称主语的小句共有128例,其中大多数在金译和萧译两个译文中被译成了非人称主语,分别达到93和102例,另有少数小句被改译成了人称主语(分别为13例和8例)或零主语(分别为22例和或18例)。由此可见,"非-非"译法是译者这里采用的主要翻译方法,同时也说明非人称主语整体上具有较高的直译的可能性。从表中数据来看,这种直译可能性随着语义角色的不同也有所区分,即绝大多数的非人称主语的直译程度较高,但抽象环境类的非人称主语(主要指"it"和"there"等词为主语)的直译程度较低。原文中抽象环境类主语共有27例,其中直译为非人称主语的在金译和萧译两个译文中分别为11例和13例,大约有50%的非人称主语句子被分别改译成了人称主语和零主语,这说明在抽象环境类主语上英、汉语之间存在较大差异。

除了直译的可能性之外,这里需要考虑的另一个问题是直译的必要性,即原文中非人称主语所体现的思维风格和诗学价值。前文曾提到,非人称主语的使用可以分为两大类:常规的和非常规的用法。如果说常规用法体现了一个民族语言的世界观和思维方式的话,那么偏离常规的用法则更多地体现了使用者的思维风格。由于"施事者""经验者"和"移动者"等语义角色大多指人,如果用作非人称主语最有可能构成非常规用法,因此下文将重点关注文本中这三类非人称主语的翻译情况。从表4.1来看,原文第一章中出现这三类非人称主语的语例较多,两个译本大多也采用了"非-非"译法,但也有部分译例被改译成了人称主语。尽管改译的比例在这一章中看起来不算太高,但具体分析这些译例时就会发现,被改译的基本上是以抽象情感和身体部位为主语的句子,而根据前文提到的Leech和Short(1981)的相关分析,这一类的主语恰恰体现了乔伊斯的部分"典型风格"。下面来看两个译本中的几个具体译例。在部分译例中,由于金译和萧译都改变了原文的非人称主语,因此附上笔者在前译基础上采用"非-非"译法进行的改译,以便比较直观地展示两种译法所体现的不同的思维方式。

例4.3

Laughter seized all his strong wellknit trunk. (6)

a. **他笑得**整个健壮结实的躯体都震动了。(金译,8)

b. **笑声攫住**了他那整个结实强壮的身子。(萧译,6)

例4.4

His curling shaven lips laughed…. (6)

a. **他**卷起刮得干干净净的两片嘴唇,……,**哈哈大笑**起来。(金译,8)

b. **他**撇起剃得干干净净的嘴唇**笑了**……(萧译,8)

c. **他那刮净的双唇微翘着笑了**起来……(改译)

例4.5

Have you the key? **a voice asked**. (10)

a. 你拿着钥匙吗? **那人问**。(金译,17)

b. 你有钥匙吗? **一个声音问道**。(萧译,10)

例4.6

His head halted again for a moment at the top of the staircase, level with the roof: (8)

a. **他**下到脑袋和楼顶齐的地方,又**站住了**转过头来说:(金译,13)

b. **他的脑袋**在最高一级梯磴那儿又**停了**一下,这样就刚好同塔顶一般

齐了。(萧译,8)

例4.7

(H)is eyes, from which he had suddenly withdrawn all shrewd sense, **blinking** with mad gaiety. (16)

a.他眼中的精明通达的神色已经突然收敛一空,不断地望着他们**眨眼**。(金译,28)

b.**两眼**那股精神洞察的神色顿时收敛,带着狂热欢乐地**眨巴着**。(萧译,16)

例4.3~4.7中,金译进行了"非-人"转换的主语可以分为三类:人的情感动作(如laughter),人的身体部位(如lips、face、head、eyes)和人的其他方面(如voice)。在原文中,这些情感、人体部位等都被赋予了一定的生命度和能动性,能发出及物性的动作(seize)、具有谈笑(laugh、ask)或活动的能力(halt、blink)。如果单独看这些语例,有些也许并不显得特别,但累积起来就会形成一种整体的效果,体现了作者观察世界的独特视角,似乎人的动作、肢体或其他所有物都具有类似于人的活力和能动性,从而使相关描述显得生动传神。但在金译中,这些"非人"主语都被人称主语所取代,仅仅作为人的所有物或动作对象而存在,失去了原有的独特视角和描写的生动性。显然,金译中的这些转变并非是英、汉语言差异带来的翻译困难所导致的,因为如萧译或改译所示,这些语例都可以依原文的句式和思维方式译成汉语。金译之所以采用了"非-人"译法,想必是为了让译文更加符合汉语中常规的表达和思维习惯,从而忽视了原文中这些非人称主语可能体现的独特的思维风格和诗学效果。

乔伊斯的挚友Gilbert在《詹姆士·乔伊斯的〈尤利西斯〉》一书中曾指出,"除了作者极端的、几乎是科学式的准确用词以外",《尤利西斯》不同于前人之处在于"他观察事物的不同寻常的视角"(Gilbert,1952)[21]。随后,Gilbert进一步明确指出,"乔伊斯在手法上的一个独特之处在于他对非灵物体或身体部位的处理,似乎它们都拥有了独立的个人的生命,抽象的概念在一些情况下也被赋予了人格神的特点"。Gilbert同时认为,《尤利西斯》中这种戏剧化的处理方式显然是受了希腊史诗《奥德赛》的影响,体现了古希腊的诗歌和神话中的一些"典型的希腊原则:物体的人格神化,自然力量的人格化和原始材料的希腊化"。

但与希腊史诗《奥德赛》相比,《尤利西斯》中这种戏剧化表现手法显得更为普遍,渗透到小说18个章节中的各个部分,形成了一种独特的个人风格,不仅对一些情境进行了富有想象力的生动描述,而且常被用来刻画小说中的人物心理。下面仅举两个描写人物动作的语例,讨论这些非人称主语的句子所具有的刻画人物认知状态和思维风格的作用。

> **例 4.8**
>
> **His hand went** into his pocket and **a forefinger felt its way** under the flap of the envelope, ripping it open in jerks. (5.77–5.78)
>
> a. **他把手伸进**口袋,**用食指摸着**信封的封盖,把它一截儿一截儿地拆开了。(金译,114)
>
> b. **他把手伸进**兜里,一只食指摸索到信封的口盖,分几截把信扯开了。(萧译,89)
>
> c. 他的手伸进了口袋,一个食指摸索到信封的封盖下边,把它一截儿一截儿地撕开了。(改译)
>
> **例 4.9**
>
> **His slow feet walked him** riverward, reading. (8.10)
>
> a. 他一面看传单,一面**由着自己迟缓的脚步走向河边**。(金译,231)
>
> b. 他边读边**迈着缓慢的脚步朝河边走去**。(萧译,183)
>
> c. 他的双脚一步一步缓慢地将他带向了河边,看着传单。(改译)

例 4.8 和例 4.9 都是用电影般的特写镜头聚焦于布卢姆的"手"或"脚",对他的肢体动作进行了生动的描写。根据 Leech 和 Short 对思维风格的相关分析,这类非人称主语句所产生的诗学效果在于,由于句中的行动者是身体部位而不是人,因此句中所描述的动作似乎是身体部位自发的动作,而不是人的有意识的行为。(Leech, Short, 1981)[190]如果结合原文的上下文,也许就能更深刻地体会这种非人称主语所具有的揭示人物的心理状态的功能。例 4.8 描写的是布卢姆漫步在大街上的情形,他刚从邮局拿到一封期待已久的情书,想找一个僻静没人的地方拆开来读,却一时未能如愿,此时他的手不由自主地伸进了口袋,一个手指更是迫不及待地拆开了信,这些以"手"和"手指"为主语的描写充分体现了其动作的无意识性和难以压制的迫切心理。与例 4.8 相比,例 4.9 的表达形式和思维方式更为独特,不仅"行走"("walk")成了身体部位("his feet")发出的及物性动作,而且整个人("him")都成了其动作的对象,从而更生动地表现了布卢姆阅读手头传单时的"忘我"情形。但和原文所体现的人物的"身心分离"不同,译文 4.8(a)通过"非-人"译法将所有的动作都变成了人的有意识的行为("他把手伸进……,用食指……"),译文 4.8(b)也将其中的一个非人称主语改成了人称主语"他",从而使原文中肢体动作所表现的无意识在译文中全部或部分地失去了语言形式上的支撑和阐释的可能。译文4.9(a)中,译者通过使用"由着脚步"部分地表现了原文中"忘我"的精神状态("他……**由着自己迟缓的脚步走向河边**"),显然比4.9(b)中的译法"他边读边**迈着缓慢的步子朝河边走出**"更接近原文的思维风格;但由于4.9(a)中使用了人称代词"他"作为主语,因而在句法上赋予了"他"对动作的意识("他……走向河边"),减弱了原文非常规的表达形式"feet walked him"所具有的表现人物潜意识的诗学效果。当然,"feet walked him"所体现的思维方式很难直接"复制"到汉语中,因为似乎找不到一个动词像"walk"那样,有"步行"含义的同时可跟人称代词作为宾语。但正如前面所言,思维风格翻译要体现的是原文的诗学效果,因此在改译中,我们尝试通过非人称主语句"脚步将他带向河边"之类的表达来表现人物的"忘我"状态。

在创作过程中,乔伊斯曾向朋友Budgen这样描述《尤利西斯》的一个写作特色,他说:"我的书是一部人体的史诗……在我的书中身体活在空间中并移动着,身体是人的全部个性的家园"。(Budgen,1989)[21]因此,原文各例句中这种对身体部位的戏剧化处理在《尤利西斯》中随处可见,小说中不仅人物的"手和脚"会"唱歌"(如His hands and feet sing too),而且人物的"脸"会"说话"(如Mr Power's shocked face said),会"提问"(如Alarmed face asks me)甚至会"啃食"食物(如his rabbitface nibbling a quince leaf)。

这些以人体为主语的表达,显然偏离了常规的思维模式,体现了作者独特的观察视角和思维风格。在《尤利西斯》中,乔伊斯不但常常赋予人体以人的意识和特性,很多时候也赋予外界其他事物以各种各样的能动性,使客观事物变成了积极行动者。下面来看一个具体例子。

例4.10

The lychgate of a field showed Father Conmee breadths of cabbages, curtseying to him with ample underleaves. The sky showed him a flock of small white clouds going slowly down the wind. (184)

a. 一个菜园子的**栅栏门**,迎着康眉神父展现出一畦一畦的圆白菜,抖开了丰满的菜叶向他屈膝行礼。**天空为他铺出一群小朵小朵的白云**,缓缓地顺风飘过。(金译,351)

b. 隔着教堂墓地的停柩门,康米神父望到一畦畦的卷心菜,它们摊开宽绰的下叶向他行着屈膝礼。**天空,一小簇白云彩映入眼帘**,正徐徐随风飘下。(萧译,285)

例4.10中两句话的黑体部分都使用了非人称主语,所体现的概念图式可以表达为"sth show sb sth",显然偏离了常规概念图式"sb show sb sth"。常规概念图式中,show的主语通常为人,而原文两个表达式中充当主语的都是没有生命和意识的物体"the sky"和"the lychgate"("天空"和"墓园门"),两者都被赋予了人的能动性。Leech和Short将这种将客观物体视为人的思维和表达方式,称之为"移情谬误(pathetic fallacy)"(Leech,Short,1981)[198],即说话者将自身的情感体验投射到外界事物。原文中,此段描写的是一位"十分可敬"的神父康米(Conmee)在去给死者布道的路上的所见所闻。文中虽然采用了第三人称的外部叙事,但叙事眼光是康米神父的。他一路走来时,一再受到路人的敬礼,因此自我感觉显得特别良好。在他看来,白菜在向他"屈膝行礼"(curtseying),"停柩门"和"天空"也在向他"展现"(show)美景,生动地表现了神父当时怡然自得的心理状态。

再来看看两个译文。在金译中,原文的两个非人称主语及其概念图式基本都得到了再现;但美中不足的是,原文中通过"show"的重复所营造的排比效果,在金译中由于选用了不同的译词而变得黯淡。在萧译中,原文偏离常规的表达方式,即"停柩门为神父展现白菜"被译成了常规的表达"康米神父隔着停柩门望到白菜",非人称主语被改为了人称主语;原文中"天空为神父铺出白云"也被译成了"白云映入眼帘",虽然也富有一定的诗意,但主语的能动性已被显著降低,因此神父当时感受到的万物臣服的心理在萧译中便失去了语言形式上的解读可能性。

在《尤利西斯》中,作者用来表现人物心理的叙事方法,除了后文将专门论述的内心独白和意识流以外,另一种常见的方式就是在叙事中采用人物的眼光,从而抵达人物的内心世界。如上例所示,采用人物眼光进行叙事时,虽然叙事话语中没有对人物内心进行直接描写,但叙事语言中所体现的偏离常规的概念图式就体现了叙事人物特有的观察世界的方式,即思维风格。翻译过程中,如果原文这种特有的表达方式被常规化改写,叙事话语所体现的特有眼光和思维风格便会随着消失。

在小说的第15章,作者运用非人称主语进行的戏剧性叙事更是达到一个前所未有的高潮和狂欢,不仅人的身体"活"着,而且人物的帽子、扇子、烟圈、纽扣、传单,自然界的山谷、树木、瀑布,以及飞蛾、羊蹄、牛犊、母羊、马等都纷纷登台亮相,发出自己的声音,参与到这个人物混杂、众声喧嚣的的"闹剧"之中。由于"灵魂转化(metempsychosis)是《尤利西斯》的另一个重要主题"(Gilbert,1952)[44-51],因此对人体和各种物体的这种戏剧化处理无疑也构成了乔伊斯表现该主题的一种有效的语言手段。

总之,《尤利西斯》中非人称主语的使用,不仅体现了乔伊斯在语言形式上的诗学追求,具有描写生动的诗学效果,而且具有刻画人物心理和表现小说主题的作用,体现了作者或叙事者独特的观察视角和思维风格。不难想象,如果这些非人称主语所体现的特殊构式在翻译中得不到保留,对于小说的文学性和人物刻画而言,无疑都是莫大的损失。而现有的译例分析表明,译者虽然有"尽可能忠实、尽可能全面地在汉语中重现原著"的主观努力(乔伊斯,1997),但由于对非人称主语的诗学效果和思维风格缺乏足够的认识,会在有意无意中将原文中部分偏离常规的非人称主语转化成人称主语,使一些富有诗意和想象力的思维和表达方式趋于常规,从而在不同程度上常规化了原文的思维风格。

4.5 小　　结

长期以来,学界对非人称主语的讨论大多着眼于英、汉思维模式的差异,强调翻译时进行"非-人"转换的必要性,很少从认知和诗学的角度对这种译法进行具体分析和反思。首先,基于认知语言学和认知文体学的相关分析,作者认为英、汉语的非人称主语在语义角色类型上存在基本的对应关系,因此大多数情况下可以进行"非-非"式的直译;其次,根据具体的使用场合,英、汉非人称主语可分为常规和非常规两大类,其中非常规用法由于偏离常规概念图式而具有明显的诗学效果,在一定程度上反映了作者或叙事者的思维风格,因而在文学翻译中应该尽量得到再现。通过对《尤利西斯》中大量出现的非人称主语的译例分析表明,文学翻译中出现的常规化原文思维风格的译法会在不同程度上损害原文个性化语言所具有的诗学效果,因此对其在文学翻译中的适切性值得学者或翻译人员引起重视和反思。

第5章
思维风格表征之语言形式及其翻译

前面两章分别以具体个案的形式讨论了概念隐喻和诗学效果的翻译,侧重点是语言的语义层面;同时由于构式理论的引入,也涉及语言形式所具有的意义。本章将进一步关注语言的形式方面所具有的意义和思维风格。

传统的翻译观一直将翻译视为不同语言或符号之间意义上的转换,认为好的翻译应该是"得意忘形",即在意义上要忠实于原文,而在形式上则可不必受原文的束缚。这种翻译观的背后其实体现了以索绪尔为代表的现代语言学的主流观点,即语言符号的任意性(arbitrariness),认为语言符号的所指与能指之间没有必然的联系,两者之间的关系具有任意性的特点。尽管索绪尔的语言观长期占据着统治地位,但也有不少学者对此提出了反对意见,尤其是到了20世纪八九十年代,随着一批功能学派、尤其是认知学派的学者的崭露头角,语言符号的象似性(iconicity)受到了广泛的关注和研究,对任意性语言观形成了强有力的挑战和补充,成为当前国内外认知语言学的一个主要内容。与长期流行的语言符号的任意性观点相对,象似性是指"符号形式的某个方面(通常经过认知操作)反映了世界上的某个事物或事物的某个方面"(Geeraerts, Cuycken, 2007)[395]。象似性概念最先由皮尔斯(Peirce)提出,用以描述语言的自然基础或者说语言使用的理据。Jakobson(1965)在《探索语言的本质》一文中认为,形态学和句法学层面上同样存在着象似性现象。后来随着语言学的发展、尤其是认知语言学的出现,象似性研究被拓展到语言的各个层面,尤其是句法象似性及其在文学作品中的意义的研究取得了较丰硕的成果。早期开始关注文学作品中象似性问题的学者主要有 Davie(1955), Ullmann(1964), Leech 和 Short(1981)等。Nanny(1986)对文学作品中的象似性研究进行了一个早期的梳理。Anderson(1990)则对文学中的象似性特征进行了比较完整的梳理。此外,近年来"语言与文学中的象似性"国际会议每两年召开一次,会议上的重要论文皆由 Benjamins 出版公司结集出版,截至2015年,已连续出版了13卷[①],代表着当前国际象似性研究的主要成果和中坚力量。

虽然近年来象似性概念在中内外学界都引起广泛的关注和讨论,但类似的观点至少可以追溯到古希腊哲学家柏拉图的《对话录》。在《克拉底鲁篇》(Cratylus)中,柏拉图记载了苏格拉底时期两派学者关于命名问题的讨论,其中以赫莫根尼(Hermogenes)为代表的约定派(conventionalism)认为事物的名称是人为规定的,名称和事物之间没有内在联系,两者之间是约定俗成的关系;而以克拉底鲁(Cratylus)为代表的自然派(naturalism)则认为词语模仿(imitate)现实与名称和事物之间存在着自然的联系。古希腊哲学家关于"词"与"物"的关系的

---

① 国内已有学者对其中部分论文集进行了综述性研究,见卢卫中(2011)。

争论,以及我国先秦时期关于"名"与"实"关系的讨论,都显示了很早以来人们对于语言与现实的关系持两种不同的观点。两派之间的争论在哲学界和语言学界延续了两千多年,直到今天仍然在继续,其争论的实质就是语言的任意性与象似性之争。一般认为,倾向于任意性立场的哲学家或语言学家主要有亚里士多德、卢梭、索绪尔、萨丕尔、乔姆斯基等人;而倾向于持语言象似性观点的早期学者主要有柏拉图、奥古斯汀、莱布尼兹、维科、洪堡特、皮尔斯、雅克布森等人。(王寅,2007)总体而言,他们之间的任意性与象似性之争大致经历了三个阶段,即两论相持时期(古希腊时期至19世纪末)、索绪尔时期(20世纪初至20世纪60年代)和后索绪尔时期(20世纪60年代以来)。在第一个阶段的两千年的时间里,基本上是两种观点并存、势均力敌;在第二个阶段,"任意"说随着索绪尔的声誉日隆而占尽上风;在第三个时期,"象似说"日益受到重视,得到广泛的接受。在国内,语言象似性研究的历史不长,但近二三十年来语言学界也出现了激烈的争论,主要有三种观点,一种持"任意性支配说",强调语言符号与现实之间的联系是任意的;一种持"象似性(或理据性)支配说",主张任何语言符号都有理据,尚未找到理据性不等于任意性;还有一种持"象似性辩证说",认为语言符号同时具有象似性和任意性,两者之间是并存甚至是互动的关系。(卢卫中,2011)

笔者赞同持第三种观点,认为象似性和任意性都是语言符号的根本属性;但同时认为,象似性在文学语言中发挥着更大的作用。凡涉及说话者(或写作者)的表达力的时候,无论出于什么原因(诗学的、实用的、幽默的、或仅出于需要的缘故),当他或她尝试用更具体或不太老套的语言形式等进行自我表达时,象似性必然会发挥作用。(Nanny, Fischer, 1999)虽然日常语言中的象似性研究已经不少,并成为了现代语言学的一个重点内容,但对象似性在文学中的运用则讨论得较少。长期以来,文学批评中对象似性的理解较为狭隘,讨论的文学现象也多限于拟声词、语音象征或者图像诗(pattern poetry)和现代视觉诗(visual poetry)的排印等,对语音、书写、句法等层面上存在的其他的各种象似性现象及其在文学作品中的诗学效果缺少关注。随着象似性理论研究的深入和语料收集的丰富,象似性的语言观和文体观将促使学界重新思考和认识语言的本质属性以及语言形式具有的诗学功能和意义,并将对文学批评、文体学以及翻译研究产生深远的影响。本章将首先简单梳理象似性理论的主要概念,然后简要讨论语言象似性的可译性问题,最后再结合《尤利西斯》中的语例,从书写、语音、句法等三个层面讨论象似性及其体现的思维风格的翻译。

5.1　象似性理论的主要概念

提到象似性概念,首先不得不提及被称为"符号学之父"的美国著名思想家皮尔斯。根据符号与所指对象之间自然联系的紧密程度,皮尔斯将符号三分为象似符(icon)、标记符(index)、象征符(symbol),其中象似符与所指的对象之间存在内在的相似关系,标记符次之,而象征符则最远,仅以抽象的或约定俗成的方式表现所指的事物。例如,肖像可视为人的象似符,因为两者之间有自然的相似处;烟可视为火的标记符,因为两者有内在的因果联系;而天平可视为公平概念的象征符,则主要因为人为的约定。然而,在很多情形下,这三个范畴的符号并非是截然分开的,例如,人的肖像通常被认为是象似符,但也可以用来指代某个人,因而成为标记符。语言更是如此,通常人们会认为语言是象征符号,但即使持任意性原则的人恐怕也不会否认语言也有指代作用(如代词、指示词)或具有象似性(如拟声词、语言象征)。因此,没有纯粹的象似符、标记符或象征符,三者的特点往往混在一起。就象似性而言,除了在象似符中明显的体现以外,在其他两种符号中也同样存在,只是程度不同而已。根据不同的抽象程度和相似特征,皮尔斯进一步将象似符细分为三类:映像符(images)、拟象符(diagrams)和隐喻符(metaphors)。映像符的相似程度最高,如照片、图片等,符号与指代事物之间有着明显的相似性(mimicry)。拟象符则抽象一些,符号与指代事物之间没有明显的相似关系,但两者有着结构上的类似,即符号的各个组成部分与所指事物的各个部分之间存在类比性(analogy),如地图。隐喻符则更抽象,符号和所指事物通过第三方的中介才产生联系,两者间存在着平行关系(parallelism)。例如,由于在信息加工方面存在类似处,计算机才被隐喻为大脑。

虽然皮尔斯对符号进行了广泛的开创性研究,但由于索绪尔的影响,在当时并没有引起学界的关注。直到Jacobson于1965年在《探索语言的本质》一文中重提皮尔斯的观点,强调在语言的语音、词汇和句法层面存在普遍的象似性,才逐渐对索绪尔的任意说提出全面的挑战。同时,在该文中,Jacobson还分析了文学语言中语音层面的象似性所具有的诗学功能。在更早的一篇论文《诗学与语言学》中,Jacobson专门讨论了语言的诗学功能,并指出"诗学功能就是将对等原则从选择轴投射到组合轴"的著名论断。由于选择轴的语言因素往往具有概念或语义上的联系,当这些语言因素在组合轴上通过排列组合获得相似的音韵或句法形式(如同韵词或者并列句等)时,这些语言因素的形式和语义之间就会表现出一定的关联,即象似性;因此,Hiraga认为,"Jacobson提出的对等原则可以视为象似性表现的一种分析方法"(Hiraga,2005)[46]。

另一个对语言象似性研究做出杰出贡献的语言学家是Haiman,主要著作有《自然句法》(1985a)和《句法象似性》(1985b)。由于他对语言句法象似性做出了较为全面和系统的研究,"成为当代语言符号象似性研究最有影响的学者"(王寅,2007)[522]。Haiman进一步论述了皮尔斯的观点,指出映像符包括听觉上的拟声词和视觉上的象形字/词。但Haiman关注的重点是句法结构层面的拟象象似性,并提出了两个重要的拟象象似性原则:同构原则(isomorphism)和动因原则(motivation)。同构原则是指不同的形式总是蕴含着交际功能上的差异。相反,不同的语法范畴之间一再出现相同的形式则总是反映了交际功能上某种感知到的相似性。(Haiman,1985a)[19]该原则的前半部分说的是,绝对的同义词或同义表达是不存在的,形式的不同必然意味着意义上的不同;第二部分则对同形、多义现象进行了解释,形式的相同则意味着意义的相似。动因原则则指如果两个差异最小的形式在语义上密切相关,那么它们语义上的差异将对应于形式上的差异。(Haiman,1985a)[20]由于句法结构在某一方面可以直接反映现实结构,句法成分之间与概念结构成分之间存在着关系对应性,因此概念意义上的差异总存在着句法形式上的理据,包括顺序象似性、距离象似性、数量象似性、标记象似性、话题象似性和句式象似性等。(Haiman,1985a)综上所述,关于语言符号象似性的分析,可根据各个学者的概念分类做个直观的总结,如图5.1所示。(Nanny,Fischer,1999;王寅,2007)

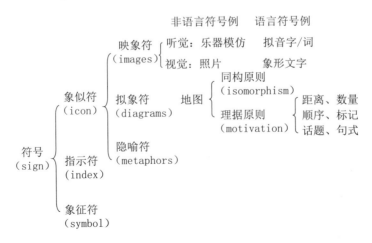

图5.1 符号象似性的主要概念图

5.2 语言象似性与思维风格

本章旨在分析语言象似性在文学作品中的表现以及思维风格的翻译问题，因此，在对象似性的核心概念进行简要介绍之后，有必要从理论上简单地分析一下语言的象似性与思维风格的关系及其可译性，然后再进入具体文本中讨论思维风格的翻译。

与传统的语言任意观不同，认知语言学的象似性研究强调符号的形式与意义之间存在一定的联系，即语言形式是受意义驱动的。当然，形式与意义之间的联系并非总是一目了然的。有些象似性是比较明显的，如映像象似性，符号直接模仿客观事物，能指与所指的相似之处通过视觉或听觉能够直接被人感知，典型的语言例子就是象形字或拟声词；而另一些象似性则比较间接和抽象，例如，拟象象似性，所指与能指之间并没有自然的相似处，但两者在结构或者结构成分之间存在一定的相似关系。由于拟象象似性是基于结构的相似，因而多存在于句法层面，表现为句子的形式结构与所表达的概念结构之间的内在联系。因此，正如认知语言学家所指出的那样，"拟像象似性普遍存在于语言之中，尤其是在更高的语言层面上"（Nanny，1999），包括句子和语篇等。

关于句法形式与概念结构之间的联系，其实在维特根斯坦的早期著作中就已经有了相关论述。在《逻辑哲学论》中，维特根斯坦曾反复强调语句结构与概念结构之间存在对应关系，即在命题中思想可以这样来表达，使得命题记号的要素与思想的对象相对应；同时，为了具体说明这一观点，维特根斯坦做了一个形象的类比：

"如果我们设想一个命题记号是由一些空间对象（如桌子、椅子和书本）组成，而不是由一些书写记号组成，它们的本质就会看得很清楚。于是这些东西的空间分布就表达出这个命题的意义。"

这其实是将句子形式看作语言成分在空间的分布，指明"句子空间"(sentence space)和"概念空间"(conceptual space)之间具有相同的结构。这种理念对后来的语言象似性研究影响很大。例如，Haiman 所提出的句法象似性原则，几乎与其如出一辙，认为"语言形式之所以通常如其所是，其原因在于和拟像符一样，它们与所表达的概念结构具有相似关系"（Haiman，1985a）。

然而需要强调的是，语言象似性所说的语言形式与概念结构之间的相似关系,并非一般意义上所说的语言体现了现实,而是指语言结构直接映照(mapping)到人的概念结构。认知语言学家认为,语言不是直接反映现实,在语言与现实之间始终存在着认知的中介。例如,Langacker曾指出,"作为思维和交际的基本工具,语言是基于认知和社会互动的"(Langacker, 2001)[261]。值得一提的是,许国璋作为国内最早提及语言象似性概念的学者,在对索绪尔的任意性原则进行反思时也提出了类似的观点。许国璋认为,"中国传统的语言文字之学,其中心思想即是找出能指和所指之间的理性联系"(许国璋,1988)[9],并对《文心雕龙·原道篇》中刘勰的语言文字观进行了阐释,认为客观世界只有经过人的认知加工("惟人参之")才产生语言("心生而言立"),然后产生文字("言立而文明")。既然天地之象皆"惟人参之",人类语言所象似的就不是客观现实,而应是大脑中的思维或概念结构。概念结构,或者说概念图式,是人脑中相关概念之间的联系和组合方式,总体现着一定的认知和思维方式。由于语言形式与概念结构之间存在着映照性的对应关系,因此,特定的语言形式也就体现了特定的思维方式或思维风格。

然而,必须承认,语言除了具有象似性外,也会表现出任意性。由于客观世界是立体的、多维的,人的体验和思维也是复杂多变的,语言形式却是一维的,用一维的线性符号来表达多维的立体世界和复杂的概念,难免会失真变形。语言概念和形式之间的象似性必然会受到很多因素的干扰,导致一些象似性的减弱、甚至消失。Haiman在《自然句法》(1985)一书中曾对这些干扰因素进行了分析,包括经济性、概括性、关联性、丰富性、灵活性、易操作性、语音借用等,并称之为象似性的扭曲素(distortion)和腐蚀素(erosion)。Haiman指出,随着语言的发展,原本象似性极高的语言不断受到这些因素的"扭曲"和"腐蚀",有些象似性现象被掩盖,任意性随之慢慢潜入语言之中。

但Givon认为,尽管有这些腐蚀,语言符号中仍存在压倒多数的象似性现象。(Givon, 1995)[68]Lakoff和Johnson也同样指出,"的确存在一些任意性。但既便如此,我们所发现的大部分情况下并不是完全任意的,而是有理据的。语言中的理据性多于任意性"(Lakoff, Johnson, 1999)[464]。一些看似任意的形式,其实也具有一定的理据性。胡壮麟曾结合"盲人摸象"的寓言对语言理据性进行了生动的说明。胡壮麟指出,每个盲人根据自己摸到的大象的不同位置而得到关于大象形状的不同结论,虽然这些结论都是片面的,但都是有理据的;同理,虽然各个族群的语言不同,但都是基于观察和思考所形成的对世界的认识,因此"就每个族群来说,他们都是有自己的'理据'的"(胡壮麟,2009)[100]。正因为语言有象似性或理据性,所以不同语言间形式上的差异所揭示的正是各个民族对客观世界的概念化和认知方式上的不同。由于世界是多维和无限复杂的,而各民族对世界的认知相对而言只能是局部和片面的,因此只有在翻译中尊重和保留各个民族语言的认知和思维方式,才有可能逐步形成对世界全面而多样化的认识。当然,事物总是具有矛盾的另一面,民族语言和思维方式上的"异"在召唤翻译的同时,又非常抗拒翻译。

我们知道,各民族在漫长的历史长河中逐步形成的思维方式或概念结构存在差异,甚至有些习惯性的思维差异很大,如映照概念结构的语言结构就有很大差异;那么,语言结构与概念结构之间的象似性关系在不同的语言之间是否具有可译性?

首先,从意义的角度而言,语言的体验性为不同语言之间的翻译提供了认知基础。作为西方思想的一个主要源头,亚里士多德虽然倾向于语言任意性的立场,但在《阐释学》中他也指出意义与外界事物之间存在着相似关系,认为意义来自外界事物留下的内心印象,由于我们对于外界的事物有着相同的内心印象,因此语言符号所表征的意义对于全人类而言是相同的。(Modrak, 2001)[13] 同样,在《文心雕龙》这部中国早期最系统的语言文学理论著作中,刘勰也提出,"仰观吐曜,俯察含章,高卑定位,故两仪既生矣。惟人参之,性灵所锺,是谓三才。为五行之秀,实天地之心,心生而言立,言立而文明,自然之道也。""两仪"即天地,可以想象,我们的祖先是在仰头观天、俯察大地的实践过程中有所感悟,才形成语言文字的。语言的体验性同样是认知语言学的根本观点,Lakoff 和 Johnson 曾明确指出:"概念是通过身体、大脑和对世界的体验而形成的,并通过它们才被理解。概念是通过体验(embodiment),尤其是通过感知和运动能力才获得意义的。"(Lakoff, Johnson, 1999)[497] 由于人类面临的是同一个客观世界,人类自身又具有相同的生理结构,因此,人类在实践过程中会产生一些共同的基本体验,从而在语言概念上形成很多共同或共通之处。

其次,虽然不同民族语言的结构形式之间存在很大差异,但也存在一些共同之处,最明显的就是语言结构在空间上的线性分布,语言成分之间都存在顺序、距离、数量等类似的空间关系。这些共同点也为象似性的翻译提供了操作空间。

然而必须认识到,这里讲的象似性的翻译并不意味着将原文的形式照搬过来,而是要体现原文形式背后的认知理据和产生的诗学效果。傅雷先生是国内较早关注中西语言之间思维差异的著名译家,他曾指出:"中国人的思想方式和西方人的距离多么远。他们喜欢抽象,长于分析;我们喜欢具体,长于综合。"(傅雷,2009)[694] 在另一篇文章中,傅雷先生对中西语言和思维方式差异做了更全面的说明,认为"两国文字词类的不同,句法构造的不同,文法与习惯的不同,修辞格律的不同,俗语的不同,即反映民族思想方式的不同,感觉深浅的不同,观点角度的不同,表现方法的不同"。面对中西方的语言和思维差异,傅雷先生反对"不在精神上彻底融化,光是硬生生的照字面搬过来"的硬译,认为这样的翻译"不但原文完全丧失了美感,连意义都晦涩难解"(傅雷,2009)[694];他同时指出,理想的译文应该尽量接近原作的精神或者风格,"所求的不在形似而在神似"(傅雷,2009)[623]。当然,傅雷所说的"不求形似、意在突出神似",并不是说可以置原文的语言形式于不顾;在另一篇文章中,他曾强调"在最大限度内我们是要保持原文句法的",并明确提出"风格的传达,除了句法以外,就没有别的方法可以传达"(傅雷,2009)[613]。

有时说不重形似,有时又强调要尽量保持原文句法,初看似乎相互矛盾,如果从语言象似性的角度则比较容易得到理解。一方面,语言形式与概念结构或者说思维方式之间存在对应关系,思维方式上的不同往往导致语言形式上的各异,因此不同语言之间追求形式的相似,往往会充满困难,甚至完全不可能。同时,一种语言的形式表征的是一个民族的思维方式,正如前一章中曾经论述的那样,而一个民族的思维方式不可能在一个译文中得到全面再现,因此民族语言形式的再现不是文学翻译追求的具体目标。另一方面,象似性是取得文体效果的重要手段,"文学作品的本质就在于利用所有的语言形式来达到美学目的,自然也包括所有的象似可能性"(Nanny,Fischer,1999)[462]。文学家往往会利用语言的象似性,在语言形式上凸现甚或颠覆某些象似性原则,从而取得特定的诗学效果,所以文学作品中的"象似性通常不仅仅具有象似的效果,而且具有陌生化、打破成规和动摇读者期待的作用"(Maeder,2005)[7]。这些具有特定诗学效果的语言形式才是文学风格翻译需要关注的重点;而这些语言形式由于偏离了常规的语言,表现出作家个人特定的思维风格,从而在思维风格翻译中应当尽量地得到保留。当然,强调语言象似性是营造文体效果的重要手段,但并不意味着所有基于象似性、具有文体效果的语言形式都能在翻译中得到再现。根据语言象似性的具体运用的不同,往往存在不同程度的可译性。总的来说,文学中象似性的可译程度存在以下三个方面的区分:

首先,象似的方式。语言形式与意义之间是映像象似性,还是拟象象似性?由于映像象似性是语言形式与意义之间直接相似,形式与意义之间的联系最为紧密,语言形式的变化往往意味着象似性的消失,因此可译度较低。而拟象象似性是基于语言结构和概念结构之间的相似,虽然翻译中语言结构的具体成分会发生变化,但只要语言成分之间特定的结构关系得到再现,就仍然具有象似性,因此可译性较高。

其次,象似的层面。是语音、书写,还是语法方面存在象似性? 由于英、汉在语音和书写方面的差异较大,因此可译度相对较低,但两者在语法方面的共通点较多,因而可译性相对较高。同时,同一个方面的象似性,如语法,还存在语素、词汇、句法、语篇等不同层级之间的区别,一般而言,层级越高,可供操作的空间也越大。

再次,具体的象似性原则。象似性虽然是语言的普遍属性,但不同语言在具体的象似性原则上往往存在具体的差异,因此,具体的象似性原则不同,也往往具有不同的可译性。

当然,以上只是对象似性的可译性的一般思考。在实际翻译过程中,随着作家对象似性的不同运用以及英、汉语言细节上的具体差异,基于象似性的文学语言的翻译必须结合具体的语境进行分析。下面将结合《尤利西斯》中的一些具体译例,从书写、语音和句法等不同层面分析象似性所产生的诗学效果及其翻译,以求揭示语言形式与思维风格之间的联系,为文学风格翻译提供一个新的分析工具和批评视角。

5.3 《尤利西斯》中语言象似性与思维风格的翻译

英国作家和评论家 Burgess 认为,根据小说家对语言的态度,可以将小说家分为两类:第一类小说家喜欢使用透明的语言,很少有言外之意或歧义,其作品的内容比风格更重要;第二类小说家的语言则是不透明的,喜欢运用双关、歧义和言外之意,其作品的文字和人物、情节同样重要。虽然第二类的小说不一定都比第一类优秀,但通常第二类的作品更具有文学性。(Burgess, 1973)[15]毫无疑问,乔伊斯属于第二类作家。小说《尤利西斯》以18章近800页的宏大篇幅描写了都柏林的三个普通市民(布卢姆夫妇,青年斯蒂芬)一天的生活经历,小说充斥了日常生活的细节,几乎没有情节可言。正如著名评论家 Gilbert 所言:

《尤利西斯》的真正主角既不是布卢姆先生,也不是斯蒂芬,而是语言。乔伊斯操纵文字的技巧逐步发展成一种为文字而文字的倾向,并成为他的审美信条和惟一志趣。(Gilbert, 1952)[82]

如果说突破语言常规、追求新颖的语言表达是许多作家共同的风格特点，那么在《尤利西斯》中，乔伊斯似乎走得更远。作为一代语言大师，乔伊斯不仅突破了英语表达的一些陈规，而且在语言形式的各个层面都进行了大胆的革新和实验，赋予了语言以前所未有的灵活性、创造性和解读空间，使语言形式摆脱了意义的重负而获得了自身的解放，从而具有了多重意义潜势。正如 Burgess 所指出的那样：

在这部作品（《芬尼根的守灵》）和《尤利西斯》中，乔伊斯显然将其视为一种有效的文学手段，这就是迫使文字——无论作为语音还是拼写结构——发挥象似性多于约定性的符号功能。文字须得不仅指示外物，还得模仿自身，甚至以自身的瓦解为代价。(Burgess, 1973)

毫不夸张地说，《尤利西斯》之所以成为世界文学的经典，其中一个重要原因是作者在各个语言层面上对象似性的独具匠心的运用。在乔伊斯的笔下，文字不仅表达意义，同时构成听觉和视觉符号，以一定的方式组织起来产生了强大的听觉和视觉上的冲击力，从而获得了丰富的言外之意和诗学效果。

5.3.1 语音象似性

索绪尔当初将任意性视为语言符号的第一根本原则时，其实讨论的就是语音与概念之间的任意性关系。索绪尔认为，"符号是由概念和声音结构（sound pattern）组合而成"，并将这两个符号成分分别称为"指称"(signification)和"指号"(signal)，即通常所说的所指和能指；同时强调指出"指号和指称之间的联系是任意的""简而言之即语言符号是任意的"(Saussure, 2001)[67]。另一个常被提及的关于语言的任意性的思想源头便是亚里士多德。在《阐释学》中，亚里士多德区分了口头语言与书面语言的不同，认为口头词语是内心印象（affections of the soul，即意义）的象征符号，而书面词语是口头词语的象征符号，并明确指出，音素与意义之间的关系是约定俗成的。(Modrak, 2001)[13]

虽然索绪尔本人也承认，"不是所有的符号都是绝对任意的""符号在一定程度上可能具有理据"(Saussure, 2001)[130]。但受他的任意性观点的影响，学界长期以来对文学语言中的语音象似性研究大多局限于拟声词和声音象征的研究，而且语音象似性仅被视为极少数的例外，所研究的文学作品也大多仅局限于诗歌。例如，Leech 是少数对语音的文体效果进行过细致分析的文体学家之一，他一方面认为"语音结构（sound pattern）具有什么样的意义？又是通过怎样的方式进行交流的？这些问题是文学欣赏中最神秘的方面之一"，另一方面也坚持认为词语的语音与意义之间是任意性的关系,强调即使是在各种语言中为数不多的拟声词中,语音与意义之间也仅有部分的和间接的联系(Leech,2001)[95-97]。而事实上,文学作品中对语音象似性的运用远比一般人想象的要丰富得多,在《尤利西斯》这样实验性的作品中尤其如此。当然,这里的象似性是个广义的概念,语音象似性不仅仅指语音的模仿和象征,还指"特定音素或音素的有序排列重现外部世界的过程和体验"(Fatani,2005)[173]。下面将结合《尤利西斯》中的译例,从声音的模仿、语音的象征、节奏和韵律三个方面来进行具体分析。

1. 声音的模仿

"象声"是最古老、最自然的一种命名方式。历史上有很多知名学者都对语言的起源有所论述,例如,感叹说(或"啵啵说",the theory of Pooh-pooh)、拟声说(或"咆哮说"the theory of Bow-bow)、声象说(或"叮咚说"the theory of Ding-dong)、喘息说(或"吆嘿嗬"the theory of Yo-he-ho)。(王寅,2007)[517]这些假说虽然对语言的源头有不同理解,但其假说的提出都是基于一个共同的理念,即声音的模仿。几千年来,由于人类语言的拼写和语音系统都发生了重大变迁,除了少量拟声词外,在现代语言的绝大多数词汇中都难以找到声音模仿的特征。即使偶尔能找到,如汉语中的"鸡"与"叽叽"的鸡叫声和"鸭"与"嘎嘎"的鸭叫声之间似乎存在着语音上的相似,但人们在日常语言的使用中通常只会将这些词的发音视为约定俗成的符号,而不会留意其语音上可能存在的理据。

但文学语言往往不同。一方面,文学家会利用各种语言资源来模仿和再现外部世界,为文本世界营造特定的声响氛围或艺术效果;另一方面,真正创造性的作家还会破坏语言规则,将读者的注意力引向语言本身,在丰富或颠覆语音和意义之间的常规联系中达到特定的写作目的。乔伊斯就是这样一个有创造性的语言大师,既灵活利用现有的语言资源,又独具匠心地创造语言。对于乔伊斯而言,语言不仅仅是约定俗成的透明的交际工具,同时也是他手中的"玩具",能够无限拆分,然后重新拼装成新品,变得陌生而充满创意。在《尤利西斯》的语言世界中,他不仅表现出现代派文学大师的精湛技艺,也有着孩童般寻险探胜的无忌和好奇。

例5.1

—**Mkgnao**! (17)

The cat **mewed** in answer and stalked again stiffly round a leg of the table, **mewing**. Just how she stalks over my writingtable. **Prr**. Scratch my head.

> Prr. (20)
>
> —Mrkgnao! the cat cried. (25)
>
> —Mrkrgnao! the cat said loudly.(32)
>
> a. ——喵!
>
> 猫儿回答了一声"咪",又绷紧身子,绕着桌腿兜圈子,一路咪咪叫着。它在我的书桌上爬行时,也是这样的。噗噜噜。替我挠挠头。噗噜噜。
>
> ——喵,噢!猫儿叫了一声。
>
> ——喵噢嗷! 猫儿大声说了。(金译,69)
>
> b. —嗯嗷!
>
> 猫咪咪地回答了他,又僵硬地绕一只桌子腿打了一转,同时仍咪咪叫着。她在我的书桌上走,也是这样子的。呜呜。挠一挠我的头吧。呜呜。
>
> ——姆嗯嗷!猫叫道。
>
> ——姆库嗯嗷!猫大声叫。(萧译,89)

原文这段描写出现在小说第四章的开篇部分,刻画了小说主人公布卢姆在厨房准备早餐时对猫的细微观察以及他自己的内心话语。短短的篇幅中,乔伊斯对一只猫的叫声就使用了 mew、prr、Mkgnao、Mrkgnao、Mrkrgnao 这五种不同的拟声词。其中,除了第一个"mew"是英语中固有的拟声词以外,其他的都是乔伊斯创造的新词。当然,这些创造并非是随心所欲的。很明显,"prr"来自于英语单词"purr",表示猫舒服或开心时发出的"噗噜噗噜"声;而"Mkgnao""Mrkgnao""Mrkrgnao"则和英语"meow"、法语"miaou"以及汉语的"喵"发音类似,但不同拼写变体中通过"r"这个音的不断增加来模仿布卢姆意识中猫的叫声的不断变化。乔伊斯通过使用不同词汇和对现有词汇进行改写,在英语语音形式与意义之间建立了新的映像象似性。由于语言拼写规则不同,汉语无法像英语那样通过字母拼写的改变来模拟声音的细微变化,同时受语言固有的语音材料的限制,翻译中要完全模仿"Mkgnao"之类独创词的语音很难,也没有必要。前文说过,语言形式的差异表征着思维方式的不同,换而言之,本族语言中固有的语音材料塑造了我们对语音效果的感知;像萧译那样,尝试用"嗯嗷""姆嗯嗷""姆库嗯嗷"等汉字把原文的语音硬搬过来,即使能大致模仿原文的语音其效果也不会好,因为在汉语普通读者的意识中,很难在这些语音与猫叫声之间建立起相似关系。因此,拟声效果的翻译,与其将原文的语音逐个硬搬到译文中来,不如在汉语语音成分之间创造出类似于原文语音成分之间的对比或偏离关系,从而再现原文的风格效果。在这个意义上,金译是成功的,该译文充分利用了汉语现有的拟声资源,创造了"喵""喵噢""喵噢嗷"这三组词之间的对比来对应原文中拟声词的变化,从而形象地摹写了不同时刻猫的叫声的不同。

Burgess曾指出,乔伊斯的语言暗含着一个符号的连续统,居于中间的字母组合标示着常规的文字,但两端的则逐渐演变成本质上属于视觉的非语言符号和用来表征杂音的符号(Burgess,1973)[17]。的确,乔伊斯的语言文字极具创新,在风格上变化多端,常在视觉和听觉层面上给人带来强烈的冲击力;但这并不意味着乔伊斯只是玩弄语言游戏,是为了创新而创新。事实上,即使那些看似仅仅表征杂音的文字,也往往融为小说文本的一个有机部分,具有刻画人物心理和表现小说主题的作用。《尤利西斯》中模仿声音的语例可谓比比皆是,但最突出的一个典型应当是小说的第11章"塞壬"。塞壬是荷马史诗《奥德赛》中人首鸟身的女妖,专以美妙的歌声来诱惑船员。这一章以音乐为主题,描写的是酒馆中唱歌的场景,不仅在语言上追求词语的音乐性,而且整个章节的结构也体现了赋格曲的对位技巧。这一章的开头两页是整个章节的序曲,使用了极其简洁的语言概述了全章的内容,虽然初读显得支离破碎且难以理解,但和后面的内容前后呼应,相映成趣。"对读者来说,这些残破的词句开始读起来几乎毫无意义,直到读完整个章节;然而,不应该跳过它们,因为这两页看起来毫无意义的文本实际上是一个精心构思的杰作"。(Gilbert,1952)[239]当读者仔细读完整个章节之后,再与前面序曲中的内容两相对照,会产生豁然明朗的快乐和惬意。下面列出其中模拟声音的两个前后对应的例子,来领略一下文本结构的妙处和对翻译的挑战。

例5.2

Then not till then. My **eppripfftaph**. Be **pfrwritt**.(211)

a.直到那时,只有到了那时,方为我写下墓志铭。(萧译,320)

b.到那时,只有到那时我才要。人撰弗尔写。墓呜弗志铭。(金译,402)

c.那时候,只有到那时。我的髒墓吥志铭。才让人哣写。(试译)

原文出现在序曲中的最后部分,所描写的是爱尔兰民族英雄临死前的一个演讲片段。奇怪的是,原文在epitaph和written这两个词的基础上,添加了"p""r""f"等杂音。萧译将这些杂音完全消除,没有再现原文对声音的模仿。金译则进行形式上的改变,用汉字直接模仿原文中英语字母的发音,如"弗"(ff)和"尔"(r),但读起来意义也难以索解。那么,原文通过改写拼写形式来添加杂音的用意何在呢?所添加的声音又当如何在翻译中进行再现?直到认真研读了这一章的全部内容,到章节的末尾才明白,原来这里所模仿的是布卢姆放屁的声音;由于布卢姆一边放屁,一边回忆英雄的演讲,因此作者别出心裁地将屁声和英雄讲话声混杂在一起,一方面具有很强的反讽意识,另一方面也象似性地表现了布卢姆当时内心意识的杂乱。因此,原文中对"屁声"的模仿并将其英雄的话语杂合,是独具匠心的表现手法;两个译文对此都没有进行成功的再现,无疑在表现小说人物内心意识方面有所缺失。为了再现这种屁声和英雄话语混杂在一起的效果,笔者在译文c(试译)中,将"p""f""r"等字母分别改译成"噼""吓""哧",其中"噼"字激发"屁"的联想,用"吓哧"模仿声效,拟声的同时也努力再现原文的讽刺效果。

前面提到这一章的主题是音乐,到最后却对布卢姆放屁的心理过程进行了详细的描写,反讽的同时也刻画了布卢姆俗不可耐的小市民形象。下面我们来具体看看,在本章末尾乔伊斯是怎样通过模仿屁声来刻画布卢姆这个俗人形象及其内心活动的。

例5.3

... bloom felt wind wound round inside.

[...], then all of a soft sudden **wee** little **wee** little pipy wind.

Pwee! A **wee** little wind piped eeee. In Bloom's little **wee**.

Rrrrrr.

I must really. Fff. Now if I did that at a banquet.

Prrprr.

Fff! Oo. Rrpr.

Pprrpffrrppffff.

Done.(238,239)

a. 布卢姆感到肠气在腹中回旋。

接着,突然轻轻地释放出很小很小的**噼**的一股气。

噼!很小的**噼**咿咿的一股气。在布卢姆的小不点儿里。

噜噜噜噜噜噜。

我实在憋不住了。**吓吓吓**。可是如果在宴会上放了呢?

噗。

吓!**噢**。**噜噜**。

噗噜噜噜噜吓。

完了。(萧译,348-352)

b. 布卢姆感到肚内回肠荡气。

> 然后突然之间轻柔缠绵下来,一股细微而又细微的幽幽风管声。
> **普依!**一股细细的风管声**依依依依**。在布卢姆的小细微中。
> **噜尔尔尔尔。**
> 我真的不行了。**弗弗弗。**
> **噜尔尔普尔尔。**
> **弗弗弗!啊唷。尔尔普尔。**
> **普普尔尔普弗弗尔尔普普弗弗弗弗。**
> 完了。(金译,450-455)

这里用来模仿布卢姆放屁声音的拟声词,基本都是乔伊斯独创的表达形式,如"wee""pwee""eeee""pwee""rrrrrr""fff""prrpr""pprrpffrrppffff"等。由于发音方式与意义之间具有象似性(后文"语音的象征"中将详述),我们具体看看组成这些词的字母的发音方式。英文字母"w"和"e"分别发半元音和元音,发音时嘴巴开口较小,因此被作者用来表示较为柔和而细微的声音。除此以外,文中其他的拟声词都由辅音字母"f""p""r"构成,发音时"f"和"p"伴有明显的摩擦或爆破,无论是发音方式和音响效果都很接近屁声;"r"发音时舌尖前部上翘,有轻微摩擦而音效沉闷,通常被用来模仿暗哑的摩擦声。总之,乔伊斯不仅有着语言学家的语音知识而且具有音乐家般的艺术想象力(其实他本人及其父亲都是远近闻名的男高音歌手),用强弱不同、高低有致的字母音节谱写出了一曲亦庄亦谐的"屁鸣曲"。对比汉语译文,金译直接模仿英文字母的发音,将"e""f""p""r"分别译为"依""弗""普""尔";尽管发音与英文字母接近,但由于汉语中这些字通常都不被视为拟声词,因此原文的拟声效果在译文中就变得模糊不清。相对而言,萧译分别译为"咿""呋""噗""噜"等汉语拟声词,效果明显好很多。当然,拟声词虽然意在模仿外界的发音,但使用有限的语音材料来模仿无限的客观声音,像乔伊斯这样取得如此精彩的描写效果,与其说是因为拟声的逼真,不如说是因为创造性地利用语言手段有效地唤起了读者脑中对语音和相关概念之间的联想,让读者能够在想象中瞬间"脑补"外界的声音。因此,激活读者现有的认知图式,即语音与概念之间的联系是产生拟声效果的关键环节。翻译也是同样的道理,仅在语音上逼近原文不一定能产生成功的译文,好的翻译应该考虑读者现有的常规概念图式,即汉语中现有的声音和意义之间的常规联系,如现成的拟声词,然后在此基础上再创造新的语言表达,激活并偏离常规的概念图式,从而让读者领会到相关的言外之意和风格效果。萧译通过"噼""咿""噗"等拟声词进行新的排列组合来再现原文,在很大限度上也体现了这一原则。但美中不足的是萧译将"r"译为"噜"这个字,很难在汉语读者心中激起屁声的联想,因此可以根据发音方式相似的特点将其译为汉语中同样翘舌的拟声词"哧",如例5.2中的改译所示。

前面的三个例子都是利用语音直接模仿外界声音,体现了映像象似性。但在《尤利西斯》中,乔伊斯有时在运用映像象似性的同时也会利用拟象象似性,将两者结合起来营造特定的声音效果。

> 例5.4
> Table talk. I munched hum un thu Unchster Bunk un Munchday. Ha? Did you, faith?(139)
>
> a. 饭桌上的谈话。"星乞一,我在芒切斯特银行鱼见了特。""咦,是吗,真的呀?"(萧译,199)
>
> b. 饭桌上的谈话。我星期一在恩奇乞银行煎了他。是吗?真的吗?(金译,260)
>
> c. 饭桌上的谈话。我星鸡一在熬切斯特银行嚼了他。啊?你?真的呀?(试译)

例5.4中黑体部分的一句话生动地表现了说话者边用餐边满嘴食物说话时口齿不清的情形,第一眼看上去有点让人不知所云,因为句子中的一些词的拼写形式被作者有意地进行了修改。拼写修改上主要有两个特点,一个就是用元音字母"u"代替这句话单词中所有其他的元音字母。具体而言,就是用"u"分别代替了"i"(如in变成了un, him变成了hum)、代替了"a"(如bank变成Bunk)、代替了"o"(如on变成un, Monday变成Munchday)、代替了"e"(如the变成了thu)。另一个修改就是将"ch"插入到一些单词之中(如Monday变成Munchday, Munster变成了Unchester)。由于英语的标音文字的特点,这些拼写上的改变产生了直接的语音效果,因为"u"或"ch"和其他音节组合后的发音都与"munch"一词的发音存在部分或全部的相似之处,这些类似的语音的反复出现使"munch"(咀嚼食物)的声音仿佛在整个句子中回环往复。作者对声音的模拟,不仅采用了映像象似性(拟声词对现实声音的模仿),同时也结合了拟象象似性,用句子中词语语音的重现来表现现实中声音的重复。原文通过这些语音手段不仅成功地模仿了"饭桌上的谈话"含混不清的特点,而且营造了咀嚼食物的声音回环反复的滑稽效果。再看两个译文,两者都通过使用声音相近的别字来模仿原文声音的含糊不清,如"星乞一"等,同时使用了"鱼""煎"等与饮食有关的别字,使译文读起来别有趣味,重构了类似于原文的滑稽效果。但遗憾的是,这两个译文对原文中"munch"声音回环反复的效果都没有进行再现。诚然,汉语中很难找到音和义都与"munch"很接近的词语,但原文利用拟象象似性创造文体效果的思路还是可以想办法进行模仿的。例如,改译所示,直接将"munch"译为"嚼"字,同时将其发音拆开,融入前面的谈话,即用"j"代入"星期"变成"星鸡",用"ao"音("熬")转译原文"unchester"中的"un",这样整个汉语对话也就变得"嚼"声不断了。

2. 语音的象征

拟声与声音象征(sound symbolism)并非是彼此独立的现象,而是构成一个连续统。拟声通常指一个完整的声音符号,而声音象征则指单词内部的音节或不同单词之间的音节通过组合发挥象似性的作用。和拟声一样,文学作品中也普遍存在语音象征的现象,诗歌尤其如此。亚历山大·蒲伯在 An essay on criticism 中的一段话常为学界所引用,作为语音与语义之间存在象似性关联的力证,即"The Sound must seem an Echo to the Sense/Soft is the Strain when Zephyr gently blows,/And the smooth Stream in smoother Numbers flows"。在这首诗中,蒲伯不仅开宗明义地提出"声音是意义的回声"的观点,而且在头三行描写轻风流水的诗句中,密集出现了摩擦音、鼻音或流音等柔声,强化了轻柔的风声和潺潺的流水声的意象,直接表达了轻柔流畅的语义内容。另一个著名的例子,便是丁尼生(Tennyson)在 The Princess 中的两行诗,"The moan of doves in immemorial elms/And murmuring of innumerable bees",其中虽然只有"murmuring"一个词属于拟声词,但鼻音/m/和/n/在这仅仅两行的诗句中反复出现12次之多,象征着"无数蜜蜂"的不断的嗡鸣声,使得整句诗具有明显的声音象征效果。

当然,除了举例说明以外,一些语言学家也开始对语音象征进行初步的理论分析。最常见的就是根据习惯将辅音划分成柔软(soft)和刚硬(hard)两类,将元音划分成洪亮(sonorous)和纤细(thin)两类。例如,Leech(1969,2001)把英语辅音按照表达的坚硬度进行了对比,并按照从柔到刚顺序排列如下:① 流音和鼻音:/l/、/r/、/n/、/ŋ/(如 thing);② 摩擦音和送气音:/v/、/ð/、/f/、/s/等等(如 there);③ 塞擦音:/tʃ/(如 church)、/dʒ/(如 judge);④ 爆破音:/b/、/d/、/g/、/p/、/t/、/k/。在此基础上,后来的认知语言学者则进一步分析了语音与语义之间存在象似性的内在理据。Haiman认为,语言象征更准确地应称为语音象似性(sound iconism),因为一定的语音常和一定的语义相联系,而且语音的发音方式与语音所代表的概念具有相似关系(Haiman,1985)[71]。他指出,以匈牙利语中的一对反义词"nagy"和"kicsi"为例,如果让一个不懂匈牙利语的人来猜哪一个表示"小"的意思,大概也能猜出是后一个单词。这里的语感主要基于发音位置或方式与意义之间产生的象似性。同样的象似性的例子其实在英、汉语中也比较常见,一般/i/常和"小、少"相关,例如,英语中的"tiny""little""slim""piglet""teeny"和汉语中的"溪""隙""粒""滴"等;而/a/则和"大、多"相关,例如英语中的"large""vast""maximum"和汉语中的"大""满""展""涨"等。

Fónagy等人则进一步通过实证的方法分析了语音或其发音方式与所表达的意义之间的象似性关系。(Fónagy,1971;Fónagy,Han,Simon,1983)他们邀请了一些法语和匈牙利语的女演员参加实验,当场朗读一些表达愤怒、仇恨、柔情、喜悦、害怕等情感的句子,然后通过X光射线成像和电子-肌动成像等技术分析她们的口腔和咽腔中的发音器官和肌肉的运动变化,发现相同的情感和情感态度在不同的语言中会激发类似的发音策略。Fónagy(1999)对上述发音策略进行了解释,认为在有声语言和更普遍意义上的自然语言中有着双重编码模式:首先是语法编码,产生一系列的音素;然后是进行象似性编码,来表达额外的信息。Fónagy认为,象似性编码并非只是无关紧要的语言游戏,而是各种自然语言的一个基本原则,主要受到以下三种象似性规则的驱动。首先,有意识的情感表达与特定的发音方式对应,如表达"愤怒""蔑视""讨厌"等消极情感时,咽喉肌肉会收缩,发音器官的接触面会增大;表达"攻击"态度时,会延长p、t、k等"硬"辅音,缩短元音;表达"柔情"时,咽喉肌肉会放松,发音器官趋于平滑,过渡放缓等。其次,发音器官的运动与身体姿态一致,如表达"喜悦"和"柔情"时,舌部会向前运动,表示身体或情感上趋近对方的友好态度;表达敌对或忧伤情绪时,舌部的向后运动,则对应着身体或情感上的后退等。再次,语音表达与意义内容之间的数量同构关系(quantitative isomorphism),即不同程度的紧张、高度和延时反映了不同程度的情感或语义强度。这些象似性规则不仅存在于口头的日常语言,在书面的诗学语言中则扮演着更为重要的角色。但不同之处在于,口头语言中语音象似性主要表现为发音方式的变化,而在诗学文本中主要表现为一些元音或辅音音素的非常规的分布等(Fónagy,1999)[7-20]。

另外,作为认知诗学的主要开创者之一,Tsur也对语音与语义之间的关系进行了分析,他认为"各种语音都具有特定的表达意义的一般潜势,通过与其他因素的组合能使读者感受到似乎它们表达了一些特定的意义",并强调"这种结合潜势在语音结构的声学、发音、或音位层面都具有坚实的、主体间的基础"(Tsur,1992)[1]。当然,强调语音象似性及其认知基础,并非坚持音与义之间存在固定的对应关系,而应将其视为一种表意潜势。必须注意到,语音与意义之间具有多种联系,而且每一种都有表现意义的不同的形式;同时,同一种语音在声学、发音和音位等层面都具有不同的特点,这些不同的特点具有不同的表达潜势,因此同一种语音甚至能够表达完全不同、甚至相反的意义,即语音的"双刃性"(double-edged)。Leech也同样指出,一些语音具有一系列的潜在的表意性,而不是单一的或固定的意义;此外,语音的表意能力只是一种潜质,这种模仿潜质需要词语的语义内容进行激活(Leech,2001)。因此,语音象似性实质上是语音与意义之间的双向互动,语音在表现特定语义的同时又需要相应的语义来激活或强化语音的象征效果,才能在双重编码的基础上产生言外之意。下面列举了《尤利西斯》中的一个具体语例及其翻译。

例5.5

Scoffing up stewgravy with sopping sippets of bread. Lick it off the plate, man! Get out of this.(139)

a.用撕成小块的面包蘸着,把红烧肉的汤汁也吃掉。干脆用舌头舔盘子吧,老弟!走。(金译259)

b.用浸泡得烂糟糟的面包片蘸肉汁来吃。干脆把盘子都舔个干净算啦,人啊!不要再这样啦!(萧译,199)

c.吸嗦着湿渐渐的面包屑上汲起的肉汁。用舌头舔净盘子吧,人啊!离开这。(改译)

例5.5描写的是午饭时间布卢姆在路边的Burton饭店里的见闻,他发现那里的顾客的吃相和声音都让人难以忍受,于是决定离开。对这种吃相的刻画,例5.5中除了scoffing up stewgravy 和sopping sippets这些词在语义上进行描写以外,这些词的发音中密集出现的s的头韵,也很容易使人联想到进食时大量的摩擦声;同时伴随出现了很多i音和p音,整个句子仿佛都在回荡着吸食(sip)肉汁的窸窸窣窣的声音。语义上的描写加上语音上的烘托,路边餐馆中吃货们一边吸食肉汁一边吧唧着嘴巴吞咽面包屑的情境便有些跃然纸上了。反观两个译文,无疑语义上都很忠实,但金译在语音上找不到用心经营的痕迹,而萧译b读起来则比较朗朗上口,细究原因,会发现"泡"和"糟糟"之间、"烂""面""片""蘸"之间,以及"汁"和"吃"之间都存在相同或相似的尾韵,在语音上产生一定的共鸣。但由于其重复的主音是an,主动词也选用了"蘸",在语音和语义上都难以让人联想到进食时嘈杂的声效。当然,由于英、汉在音义上的巨大差异,想同时在两个方面都逼近原文,往往不可求;但原文作者在这两个方面进行苦心经营的思路还是值得效仿的。在改译中,我们将主动词试译为"吸嗦",达意的同时也希望能引起声音上的联想,然后在后文中反复使用了x和s

这两个摩擦辅音以及开口较小的前元音 i，如"湿淅淅""屑""汲起""汁"等，以求再现人们吸食肉汁的声音和情状。

乔伊斯创作《尤利西斯》的时间是 1914~1922 年，因此 19 世纪和 20 世纪之交兴起的象征主义运动对他的写作影响很大。波特莱尔(Baudelaire)、兰波(Rimbaud)、马拉美(Mallarme)和威尔伦(Verlaine)等人在诗歌创作中运用象征和暗示等手段，通过语音来表达意义的写作方法成了乔伊斯效仿的对象。在其早期著作《斯蒂芬英雄》中，乔伊斯描述了青年斯蒂芬对语音象征的青睐。"他读布莱克和兰波关于字母价值的论述，甚至将五个元音排列组合起来表达一些基本情感的呐喊"。其实，斯蒂芬这个人物形象在一定程度上就是乔伊斯的自画像。无论在他的诗歌集《室内乐》，还是他的小说作品中，乔伊斯都积极探索语音的诗学效果，并通过前景化的语音来表达情感或刻画人物。在他的笔下，语音的模仿和象征不止被用来建构外界的现实，有时还被用来指向语言本身，在词与词之间用语音手段建立起特定的联系，此时的语音象征逐步走向了能指之间的游戏。

> 例 5.6
>
> Mouth, south. Is the mouth south someway? Or the south a mouth? Must be some. South, pout, out, shout, drouth. Rhymes: two men dressed the same, looking the same, two by two….mouth south: tomb womb.(114)
>
> a. **冒斯**，**扫斯**。**冒斯**和**扫斯**之间多少有些关联吧？要么，难道**扫斯**就是一种**冒斯**吗？准是有点儿什么。**扫斯**，**泡特**，**奥特**，**少特**，**芝欧斯**。押韵：两个人身穿一样的衣服，长得一模一样，并立着……**冒斯**、**扫斯**；**拖姆**、**卧姆**。（萧译，159）
>
> b. **嘴上**，**南方**。**嘴上**和**南方**是不是多少有一点什么关系呢？或许**南方**就是在**嘴上**？总有一些吧。**南方**、**猖狂**、**夸张**、**逃荒**、**灭亡**。韵脚：两个人服装相同，模样相同，成双成对……**嘴上**、**南方**；**葬送**、**子宫**。（金译，213）

例 5.6 描述了小说主人公之一斯蒂芬意识中特有的语音联想和语音象征。与一般的语音模仿和象征不同，它不是激发人们关于语音与外界事物之间的共同体验，而是重在刻画小说人物独有的关于语音的内心体验。这些语音之间的自由联想和象征，不仅让语言成为人们关注的对象本身，通过独特的语音联想表现了青年诗人斯蒂芬对语言的敏感和丰富的想象力，而且突显了他常有的思维方式，即在语言符号的嬉戏中渗透着对于生(womb)与死(tomb)等严肃问题的哲学思考。再来看两个译文对原文的处理。萧译中充分模仿了原文的语音，但大部分的文字都失去了原有的意义,突显了语言游戏的一面,却没有表现出诗人的语言才华和思考方式,反而给人留下了一种沉迷于顺口溜之类毫无意义的语言游戏的人物形象。相反,在金译中,这些语音的联想不再仅仅是语音的游戏,而是在音和义两个方面都建立了联系,如"南方"和"嘴上"、"葬送"和"子宫"等,从而表现了小说人物斯蒂芬丰富的语言想象力和深刻的哲理思考。事实上,在《尤利西斯》文本中,tomb和womb都是重要的意象,特别是womb在书中出现多达21次,象征着女性和生命的源泉等,并常和tomb并置象征着生命的起点和终点。此外,mouth也是全书中出现频率很高的重要意象,并且作者有时还通过语音变异的手段在mouth、womb和tomb三个意象之间建立直接的联想和象征关系。下文就是一例。

> **例5.7**
> His lips lipped and mouthed fleshless lips of air: **mouth to her moomb. Oomb, allwombing tomb.**（40）
> a. 他那翕动的嘴唇吮吻着没有血肉的空气嘴唇:**嘴**对着她的**子宫口**。**子宫**,孕育群生的**坟墓**。(萧译,54)
> b. 他的嘴唇翕动着,接纳着无血肉的空气嘴唇:**嘴**对着她的**口宫**。**宫**,孕育一切的**子宫**,**葬送**。(金译,81)
> c. 他的唇吮吻着不见血肉的气体的唇:**口腔**对着她的**宫腔**,**宫**,宫孕一切的**墓洞**。(试译)

在例5.7中,青年斯蒂芬在海边散步时独自想象着情侣之间的亲昵行为,由嘴唇的亲吻联想到女性的子宫,继而联想到坟墓。句中,womb与tomb这两个词语发音近似,因而联想自然;而mouth和womb之间不同,两者的语音差异较大,它们之间的联系则是通过moomb这个虚构的词来实现的。这个词在拼写和语音上和前面两个词都很接近,显然是乔伊斯(或者说斯蒂芬)结合前面两个词的特点而创造的一个新词,从而在mouth、womb和tomb之间建立了语音上同时也是意义上的词汇链。然而,由于汉语的拼写是固定的,翻译时很难采用这种语音变异的手法来表现这些词之间的语音联系,因此在两个译文中,译者分别将moomb分别译成"子宫口"和"口宫",都包含着"口"和"宫"这两个字,从而巧妙地和前面的"嘴"以及后面的"子宫"分别获得了语义上的联系。但遗憾的是,"嘴"与"子宫口"或"口宫"之间都没有原文中通过语音变异而取得的语音联系。为了重构原文中整个语音链,在试译中,mouth、moomb和tomb被分别译为"口腔""宫腔"和"墓洞",尝试通过"腔"字的重复以及"宫"和"洞"之间的同韵来建构一个语音链,力求重现小说人物语音上的思维风格。另外,在斯蒂芬脑海中浮现的"allwombing tomb"这个短语中,人生的起点和归宿被合而为一,体现了诗人的"子宫即墓洞"的玄思。需要指出的是,虽然萧译成功地重构了原文语音上的联系,但"子宫"与"葬送"的并置在语义关系上与原文相同;同时,金译的相关译词虽然在语义上精确再现了斯蒂芬的思想,但缺少语音上的联系。例句末尾所提供的改译,则尝试着在音与义两个方面都再现原文营造的文本效果。

在乔伊斯的笔下,语言不仅被用来构建人物形象,同时也常成为乔伊斯(或者说其小说人物)展现其语言才华的玩具。除了前面讨论的语音模仿、象征和变异等语言手段以外,作者有时也会使用语音歧义的方法来营造特定的文本效果或突显说话者独特的语言风格,如例5.8所示。

> **例5.8**
> Of course it's all paradox, don't you know, Hughs and hews and hues, the colour, but it's so typical the way he works it out. (163)
> a. 要知道,就像休斯和砍伐和色彩,他的写法独特。(萧译,237)
> b. 当然全是扑朔迷离的,你不知道吗,休斯啦、休思啦、绣丝啦,色彩鲜艳啦,可是他写来却顺理成章,他的典型写法。(金译,308)

在例5.8中,说话者的语言游戏是通过三个同音异形字的前后并置来实现的,显示了对话中人物的机智和幽默,即根据人名"休斯"的发音来展开文字游戏。由于这里的文本效果主要是依赖于语音而不是语义构建的,因此在翻译中如果音与义不可兼得,译意(萧译)显然没有译音(金译)的效果好,前者不能再现原文的幽默效果和人物的思维风格。因此,与传统的"得意忘形"的翻译思路恰好相反,象似性的翻译表明,有时候文学语言的语音(和句法)形式比意义可能更重要,这一点同样体现在语音的韵律和节奏方面。

3. 韵律与节奏

韵律和节奏都是诗歌中出现频率最高的拟象符。绝大多数的韵律都是基于语音的相似或相同以及语义上的差异而产生的。诗人常通过头韵、尾韵和谐音等手段来重复语音,建立语义上的联系,从而达到一定的诗学效果。这种语音上的有规律的重复就形成了节奏,且常被用来象似性地表现情感的不同和运动的快慢等。对韵律和节奏的研究,目前主要集中在诗歌领域。例如,在《英诗学习指南》一书中,Leech曾深入细致地分析了诗歌中音义之间存在的内在联系,包括象征性和节律性等,强调诗歌可以通过头韵、尾韵、元音韵、辅音韵以及平行、排比或重复等语音模式来表现特定的音乐美(Leech,1969,2001)。在象征主义诗人的作品中,这种对语言音乐美的追求更是形成了一个高潮,对音乐节奏旋律的借鉴成为象征主义诗学的一个基本特征。"受象征主义诗歌的影响,意识流小说家在创作中,也追求遣词造句的节奏感和旋律美"(瞿世镜,1991)[89]。这种影响在乔伊斯的《尤利西斯》中也留下了深刻的痕迹,几乎随处可见。在小说文本中,乔伊斯常将文字当作一个个音符来加以组织和搭配,力求达到语言形式的工整和音韵的和谐;同时,他也通过声韵和节奏上的精心安排来刻画人物心理或营造特定的诗学效果。因此,韵律和节奏往往构成乔伊斯文学风格的重要部分,值得关注。朱光潜先生曾明确指出,"文字传神,大半要靠声音节奏。声音节奏是情感风趣最直接的表现。对于文学作品无论是阅读或是翻译,如果没有抓住它的声音节奏,就不免把它的精华完全失去"(朱光潜,2009)[533]。下面具体看看《尤利西斯》中的语言韵律和节奏及其对翻译的挑战。

> **例5.9**
> Every fellow for his own, tooth and nail. **Gulp. Grub. Gulp. Gob-stuff.** (139)
> a. 人人只顾自己,拼老命。**大口吞。大把塞。大口吞。填料。**(金译,260)
> b. 大家都在全力以赴,埋头大吃。**咕嘟咕嘟。吃下去。咕嘟咕嘟。往嘴里填。**(萧译,199)

在节奏方面体现象似性,最明显的莫过于对于动作的描写。原文中,描写的依然是布卢姆在Burton饭店看到的人们贪婪的吃相。在句中,作者运用了在声音和意义方面都近似的gulp,grub以及gob(gobble的变形)等动词,都以辅音字母g开头、以辅音字母p或b结尾。这三个辅音都是前文Leech所说的硬度最高的爆破音,它们的重复象征着食客们狼吞虎咽时不断发出的震动声。这些辅音再加上句号的再三重复,也形成了一种滞重而鲜明的节奏,激发读者对于进食时机械重复的动作和声音的联想。然而,正如朱光潜先生所指出的那样,虽然声音节奏构成了原文风格的精华,但翻译中"抓住声音节奏是一件极难的事"(朱光潜,2009)[533]。瞿世镜是国内较早研究意识流小说的学者之一,他在讨论伍尔芙的小说《日与夜》中一个片段的翻译时也强调节奏的重要性,认为"译文绝不可任意变动标点和句式,否则原文中那种句子的节奏变化就无从辨认了"(瞿世镜,1991)[90]。再看例5.9中的两个译文,两位译者都没有改变原文的句式和标点,但在再现原文节奏上,金译的语言效果更为明显;译者通过"2+1"词语构式(如"大口+吞"等)以及"大"字的再三重复,形成了一个整齐划一的节奏,象征着动作的机械重复;而在萧译中,则将原文的声音象征变成了直接的声音模仿,"咕嘟咕嘟"的重复虽然使拟声效果更为明显,但由于句中夹杂着"2+2"("咕嘟+咕嘟")和"1+2"("吃+下去")这两种不同的词语构式,因而没有形成明显的统一节奏。当然,由于原文模仿的是用餐时的情境,例5.9中语音所表现是比较简单的单一节奏。最能体现乔伊斯的语言创造性的当属他对复杂的"变调节奏"的刻画,如例5.10所示。

> **例5.10**
> **Tipping** her **tepping** her **tapping** her **topping** her. **Tup**. Pores to dilate dilating. **Tup**. The joy the feel the warm the. **Tup**. To pour o'er sluices pouring gushes. Flood, gush, flow, joygush, **tupthrob**. Now! Language of love.(226)
>
> a. **碰她摸她揉她搂她**。**交媾**。毛孔张开扩大。**交媾**。欢乐、感觉、暖烘烘。**交媾**。开闸放流,漏流喷射。激流、喷射、交流、欢涌、媾动。此刻!爱情的语言。(金译430)
>
> b. **推倒她抚摸她拍拍她压住她**。**公羊**。毛孔膨胀扩大。**公羊**。那种欢乐,那种感触,那种亲昵,那种。**公羊**。冲过闸门滚滚而下的激流。洪水,激流,涨潮,欢乐的激流,**公羊震动**。啊!爱情的语言。(萧译,337-338)
>
> c. **哄着她宠着她捧着她捅着她**。**拱**。毛孔膨胀扩张。**拱**。那快意那感觉那温暖那。**拱**。冲过闸门涌动着激流。洪流、喷涌、流动、快意喷涌,**拱中震动**。啊! 爱情的语言。(试译)

例5.10描写的是小说主人公布卢姆对年轻时爱情的追忆,在脑海中重温他和妻子在野外约会时激情燃烧的"爱情语言"。文中的节奏感首先来自语音,同一个音素(元音或辅音)的重复对比、和谐振共鸣形成了一种萦回跌宕的韵律。句子的黑体部分中,"V+ing+her"的构式反复出现四次,形成了快板般的鲜明节奏。这个节奏短且快,构式中的动词"tip""tep""tap""top""tup"都是由一个元音加开头和结尾的两个辅音构成,而且这些动词的首尾两个辅音都相同,仅通过中间五个元音字母i-e-a-o-u的交替变化,创造了一条语音上头尾押韵的词汇链。词汇链中的动词语音相似、语义接近、节奏相同。由于前面的动词都使用了现在分词的形式,在节奏上都是由三个音节构成一个节拍(即"tipping+her"等,可标为"2+1"构式),当"tup"一词出现时,整个词汇链在节奏上达到了顶峰,变成一个音节一拍,同时在性方面的含义也进入到高潮("tup"作动词时有"交配"的含义),并且这个高潮散布全篇,持续再现("tup"重复出现4次),构成了整个语段的主旋律。同时,后面的各句中,不仅在语义上烘托着全篇的主旋律,而且出现了多个音韵和语言构式上的重复,形成了与主旋律和谐共鸣的复调效果。我们先看例5.10中主旋律即黑体部分的翻译。两个译文在句式都和原文一致,但在节奏效果上略有区别。原文的主节奏的节奏变化,表现出由四个"2+1"音节一拍(如"tipping her"等)变成了三个"1"音节一拍(即"tup"),节奏明显加快,但金译中分别变成了"1+1"音节一拍(如"碰+她"等)和"2"音节一拍(即"交媾");当"交媾"一词出现时,虽然语义上达到了高潮,但节奏上没有体现原文由慢变快(由三音节一拍变成了一个音节一拍)的显著变化。在萧译中,虽然原文的四个"2+1"音节的节拍得到了再现(如"推倒+她"),但单音节词"tup"被译为两个音节的词"公羊",旋律的变化体现为三音节一拍变成两音节一拍,节奏变化没有原文明显;同时,用"公羊"这个名词来译"tup",原文直露的性语言变得隐晦而含蓄。除了节奏变化以外,原文主旋律的另一个重要特点在于句中五个动词在语音和语义上的接近。由于语义的模糊性,"tip""tap""top"等动词在句中的语义开始时并不明确,"tep"更是乔伊斯根据节奏和语音的需要而杜撰的新词,但由于它们和"tup"一起被置于节奏相同的词汇链中,才被赋予了鲜明的性方面的语义内涵。因此这里的语音相似是原文体现节奏的一个重要因素。但遗憾的是,两个译文在翻译这些动词时仅着眼于语义,对它们语音之间的联系未能在译文中得到再现,从而使译文的节奏感明显减弱。其次,除了黑体部分以外,原文中其他部分也使用了大量语音或构式重复的手段来表现旋律,如"dilate""pour""the+n""gush"等词和构式的重复以及"flood""flow"等词的押韵等,共同组成了布卢姆意识中的爱情协奏曲。但两译文中,这些语音上的特点大多被忽略,使部分表达之间失去了语音上的关联纽带,节奏感不强。为了尽量体现原文语音之间的联系,我们提供试译中将原文的主要动词分别译为"哄""宠""捧""捅"和"拱",同时使用了"孔""冲""涌""动""洪""胀""张"等同韵词、重复了一些关键词和构式等,尝试通过各种或明或暗的语音纽带来增加译文的节奏感,尽可能再现乔伊斯在语音上的良苦用心。

5.3.2 视觉象似性

当年索绪尔讨论语音与语义之间任意性关系时,也曾谈到书写符号,仍坚持认为"书写中使用的符号是任意的"。然而,以汉字这样的表意文字来看,这种观点似乎根本站不住脚的。汉字中,不仅象形字具有明显的象似性,而且会意、转注、假借等都具有程度不同的拟象象似性。再者,中国文字有着历史悠久的训诂学传统,"说文解字"的目的其实就是探索和阐释汉字与意义之间存在的理据性。再看英文的拼写。同样,拼音字母的线条形状也可以用来制造象似性,通过词语的外观来表达事物的形象。例如,莎士比亚在 Henry v 的 Prologue 中称呼圆形的"环球剧院"(Globe Theatre)时,使用了字母的隐喻"this wooden O"。同样,e. e. cummings 也使用字母"O"的大小写形式来模拟月亮的视觉效果如"mOOn Over TOwns mOOn"(Stockwell,2002)[383]。

当然,这仅是利用字母形状直接模仿概念的映像象似符,文学作品中出现更多的则是拟象象似符,即利用文字的书写变异或排列组合来制造视觉效果,表达特定的意义。由于文学文本通常是以打印或书写的形式出现,直接作用于人的视觉,从而为语言的各种视觉形式上的实验提供了空间和条件。通常而言,诗人用来营造视觉象似性效果的语言手段主要包括诗行的长短或组合变化等。例如,e.e.cumming 利用诗行的组合来象似性地表示一片孤独的落叶;米尔顿在《失乐园》中运用诗行的长度逐行递减来象征撒旦的堕落;或者更常见的,利用诗行的长短变化来象似性地表示增长或衰减,利用跨行和断行来象征距离和变化等。然而,在小说的作品中,这些语言手段往往都派不上用场,更多的则是利用书写变异或者页面留白等形式来表达特定的语义内容或营造诗学效果。由于语言表现手段有限,相对于语音象似性而言,小说中单纯基于视觉象似性的语例并不多见,但又会构成明显的文体风格。下面结合《尤利西斯》中译例来具体分析,如例5.11所示。

例5.11
Goodgod henev erheard inall. (210)
a. 天哪,他平生从没听到过。(萧译,320)
b. 好天主啊 他这一辈子从来没有听到过。(金译,401)
c. 老天啊 他从 没听 说过。(试译)

例5.11通过单词拼写上"不合理"的留白和断词,混淆了单词之间固有的界限,使原文看起来不知所云,从而象似性地生动表现了说话人 Richie 说话不清、语义不明的醉酒状态。两个译文都没有对原文形式上的变异进行再现。试译在原译的基础上进行了修改,在构成语义群的汉字词组之间("从没"和"听说")留下空白,表现了说话者语言表达上有着"不恰当"的停顿,力图通过变异的语言形式来表征原文人物混沌的心理。除了这种不常见的留白方式以外,乔伊斯表现人物心理的另一种方式就是直接改变单词的拼写形式,如例5.12所示。

> **例5.12**
> And Father Cowley laughed again.
> —I *saved the situation*, Ben, I think.
> —*You did*, averred Ben Dollard. I remember **those tight trousers** too. That was a **brilliant idea**, Bob.
> <u>Father Cowley blushed to his brilliant purply lobes. **He saved the situa.** **Tight trou. Brilliant ide.**</u>（221）
> a.考利神父又笑了一通。
> "看来是我给*救了急*,本。"
> "*可不就是你嘛*",本·多拉德斩钉截铁地说,"我还记得**那条紧巴巴的长裤**的事儿。那可是个**高明的主意**,鲍勃"。
> <u>考利神父的脸一直涨红到紫红色的耳垂儿。**他打开了局面**。**紧巴巴的长裤**。**高明的主意**。</u>（萧译,332）
> b.考莱神父又笑起来了。
> —是我*挽救的那个局面*,本,我想。
> —*是你*,本·多拉德给他证实。我还记得**那条紧裤子**呢。你那个主意真是高明,鲍勃。
> <u>考莱神父的脸,一直红到他那高明的紫红色耳垂上。**他挽救了局**。**紧裤**。**主意高**。</u>（金译,420）

例5.12中斜体部分描述的两个人物之间的对话,下划线部分[①]描写的是其中一个人物Father Cowley当时的面部表情和内心的意识活动。从内容上看,人物的内心活动是对前面对话内容的回忆,但如果将对话中的相应部分相互对照（黑体部分）就会发现,Father Cowley的内心意识中许多词和一些词的字母都被省略了,从而象似性地模仿了这些概念在他脑海中部分地呈现并疾驰而过的意识状态,表现了人物回忆以前不堪经历时希望迅速摆脱的心理特征。

萧译的划线部分没有表现出文字上明显的省略,同时将"saved the situation"及其省略表达形式"saved the situa"分别译成了"救了急"和"打开了局面",使译文失去了两个表达在形式上的联系和对比,整体上未能表现人物尴尬

---

① 例句中,原文以及译文中的斜体、黑体和下划线都为笔者添加,以便于下文的分析。

时脑海中迅速浮现一些想法碎片的心理状态以及想迅速摆脱这些念头的心理特点。金译则设法对原文单词拼写中的字母省略进行了重构,在划线部分将前面对话中相关词语末尾的汉字进行了省略,如将"挽救的那个局面"缩写成"挽救了局",从而也象似性地表现了原文人物的心理特征。这种通过词语的省略来表现人物心理的方式其实是乔伊斯最常用的手段之一;由于这里有前后文的鲜明对照,所以理解起来并不困难,但更多的时候则需要从大的语境中去揣摩乔伊斯的用心,如5.13所示。

例 5.13
At four she. Winsomely she on **Bloohimwhom** smiled. **Bloo smi qui go. Ternoon**. Think you're the only pebble on the beach? Does that to all. For men. (217)

a. 四点钟,她。她朝着**布卢姆**嫣然一笑。**布卢、微笑、快、走。再见**。难道你以为自己是沙滩上唯一的小石头子儿吗?她对所有的人都这样,只要是男人。(萧译,328)

b. 四点钟她。她对**布卢他谁**嫣然一笑。**布卢笑快走。下午**。你还以为沙滩上只有你这一块卵石了吗?对所有人都是这样的。对男人。(金译,412)

例 5.13 描写了布卢姆离开酒店时的情形及其内心意识。正在酒店用餐的布卢姆,突然想到自己的妻子将在下午四点钟与情人约会(At four she),于是决定马上离开。付账离开时,酒店的女服务员向他报以职业微笑,但在心里将 Bloom 称呼为 Bloohimwhom,通过单词的略写和三个单词的合并形式表现了对布卢姆名字的陌生和疏远。随后的"Bloo smi qui"和"Ternoon"则分别是"Bloom smiled quickly"和"Afternoon"的省略,作者通过省略单词字母的方式来象似性地表现布卢姆离开酒店时匆忙和心急火燎的心情。再看两个译文对这些形式变异的处理。萧译仅对其中很少的单词省略进行了表现(如将"Bloo"译为"布卢"),而金译则进行了全面的再现。但由于英、汉书写习惯的差异,金译直接利用汉字的省略来表现原文字母的省略时,效果并没有原文明显。例如,金译中的"布卢笑快走",在形式上仍然是字字之间保持着相等的间距,很难让人意识到其中蕴含着文字的省略或象征着行动的匆忙。反观萧译的处理,在省略的词语后面加上顿号,则使译文的省略变得明显并具有了匆忙的节奏感。此外,另一种可以想到的表现方法则是留白,如通过将"布卢笑快走"改为"布卢 笑 快 走"的书写形式来暗示词语的省略。当然,这些都属于书写形式方面的实验,明显偏离了读者日常接受的书写习惯。虽然这种偏离具有明显的视觉效果,但语言间的书写差异往往使原文的一些形式实验在译文中难以得到表现。例5.14中的词语融合就说明了这一点。

> **例5.14**
> Davy Byrne smiledyawnednodded all in one .(145)
> a. 戴维·波恩边微笑边打哈欠边点头。(萧译,205)
> b. 戴维·波恩又笑又打哈欠又点头,三合一。(金译,271)

例5.14描写了波恩在与人交流的过程中微笑、打哈欠和点头三种行为同时出现的情形。这种"三合一"的现象,原文通过"smiled""yawned""nodded"三个词在形式上的融合进行了表现,从而使整个表达方式更加经济有效。由于汉字之间必须留空,这种词语融合的实验方式在译文中就很难通过书写变异来进行表现,因此两个译本都使用了"边……边……边……"或"又……又……又……"的构式来进行常规表达。

由于"词语形式上的融合可以视为概念整合过程的象似性反映"(Ungerer,1999)[314],词语之间的距离象征着概念之间的远近,因此例5.14中的词语融合的视觉象似性也就体现了距离象似性原则,这属于下文句法象似性需要讨论的内容。事实上,由于文学作品总是通过打印成文字以视觉方式作用于读者,因此语音或语法象似性总会在不同程度上体现为视觉象似性。例如,Leech在区分诗歌语言中几种常见的变异形式时曾指出,"书写在一定程度上表征着读音,读音上的变异往往反映在书写上"(Leech,2001)[47]。语音、书写、语法本来就是语言形式的一体三面,很难截然分开。下面将进入句法层面,继续讨论文学作品中语言象似性的翻译。

5.3.3 句法象似性

"如果文学作品在语篇修辞上存在一个突出特征的话,那便是文学作品遵循'模仿原则'",即象似性(Short,Leech,2001)[233]。通过符号本身或文本形式,语言符号在一定程度上可以模仿其表达的意义。最明显的例子便是前文讨论的声音的模拟和象征等,通过语音形式来表达一定的意义。但这些大多局限于词语层面,且拟声词在数量上相当有限,因此在大多时候被认为是边缘现象而不被重视。文学文本中的象似性,更多的时候表现为句法层面。简而言之,句法象似性,就是"词语间在句法关系上的特征模仿了这些词语所表示的物体或事件之间的关系"(Leech, Short, 2001)[234]。对于句法的意义潜势,语言文体学家其实很早就有所观察。例如,Fowler在讨论思维风格时曾指出,"在意识流作家,如乔伊斯、福克纳、普鲁斯特以及弗吉尼亚·伍尔芙的作品中,表层句法结构常被用来刻画人物和叙事者的意识思维结构,不同的句法产生了不同的思想流动的印象"(Fowler, 1977)[104]。Leech和Short在其著名的《小说文体论》(2001)中也具体讨论了两种句法象似性:时间排序(chronological sequencing)和并置(juxtaposition),认为文本时间是对真实时间的模仿,文本中词语的临近会产生时间上、心理上或位置上的紧密相连的感觉。近年来,随着语言象似性研究的发展,句法象似性的文体效果也得到了一些认知语言学家的重视。例如,王寅教授就曾明确指出,"距离象似性、数量象似性、顺序象似性及标记象似性等原则的具体运用,就可使得语篇获得'前景化''突出'或'偏离'的文体特征"(王寅, 2000)[39]。但翻译界对句法象似性讨论目前还很少见,仅有卢卫中(2003)、朱纯深(2004)等少量的论文有所涉及。本节将基于句法象似性理论,从顺序象似性、独立象似性、数量象似性等角度出发,分析乔伊斯在句法层面的创新及其诗学效果。

1. 顺序象似性

人类的视觉世界是多维的,而语言只能在单向的时间维度上展开,语言结构上的顺序安排往往与它所表达的概念的次序存在着对应关系,即顺序象似性。Haiman(1985)曾指出,"语言结构最明显的、最引入关注的象似性就是语言符号的线性,象似地反映了时间和因果关系的线性"。因此,顺序象似性有时有被成为"时间象似性"或"线性词序原则"(Givon, 1990)。关于顺序象似性,一个被广泛引用的例子就是凯撒的名言"I came, I saw, I conquered"这句话;句中三个分句的先后顺序反映了凯撒"来到、看到、征服"的时间顺序,语言结构和所体验的事件结构相一致。在汉语中,由于较少使用连词,语言表达中的语义结构与语序之间的关系更为紧密,顺序象似性在汉语句法中就显得尤为突出。戴浩一(1988)曾指出,顺序象似性在汉语中也普遍存在,最明显的例子就是连动结构中动词的顺序就反映了动作的先后顺序。例如,我们常说"同学们放假回家了",先"放假"后"回家","放假"和"回家"的顺序与事件的"自然顺序"保持着一致,因此很容易被理解,如果表达为"同学们回家放假了"就语义不明了。当然,由于客观事物是多维复杂的,所谓的"自然顺序"其实质是人类对客观顺序的日常认知,因此严格而言,顺序象似性反映的是认知的次序,即语言结构的词序对应着对事物认知的次序。譬如,雅克布森(1965)在《探索语言的本质》一文中所举的"总统和国务卿出席了会议"一例,很多不同的语言都遵守"总统"在前、"国务卿"在后的句法顺序,这反映的就是人们对两者的官衔序列的认识,而不一定是两者出席会议的客观顺序。因此,当文学语言所反映的认知顺序与人们各种固有的认识即概念图式相偏离时,往往会产生文体效果。

> **例 5.15**
> (Round Rabaiotti's halted ice gondola stunted men and women squabble. They grab wafers between which are wedged lumps of coral and copper snow.) **Sucking, they scatter slowly, children.** (350)
> a. (一群矮小的男男女女围着停在这里的拉白奥蒂的平底船型冰淇淋车,争争吵吵。他们抓取夹有煤炭色和紫铜色冰淇淋的薄脆饼)。**这些孩子们边嘬着,边缓缓地散去。**(萧译,512)
> b. (一辆拉芭约蒂售冰船车停在路上,周围围着一些矮小的男女,吵吵嚷嚷的。他们抓了一些夹着珊瑚色、紫铜色的冰糕的饼干)。**一面吮着一面缓缓地散开了,是一些儿童。**(金译,640)

例 5.15 是书中第 15 章开头的部分,夜色中的马博特(Mabbot)街口由于没有几盏灯而显得昏暗朦胧。原文先描写了一些围着冰淇淋货车的人,称这些人为"stunted men and women",然后描写这些人的动作,最后才出现了"children"一词。这种词语上的顺序安排象似性地表现了叙事者认知的过程和顺序,叙事者先注意到的是"矮小的男男女女",当这些人边吮吸着冰淇淋边慢慢散开时,叙事者才意识到原来这些人是些孩子。"children"在原文中是以补语的形式出现的,是对主语"they"的补充说明,意味着叙事者从关注这些"矮人"的动作到认识到他们的孩子身份经历了一个认知过程。萧译中由于将"这些孩子"作为主语置于句首,原文中叙事者最后才出现的意识变成了句首的已知信息,作者用心表现的独特的认知过程和先后顺序也就消失于无形了。反观金译,对原文的形式有着较好的保留,将"一些儿童"置于句尾,因此成功地再现了原文叙事者的认知过程。

根据 Langacker 的认知语法理论,概念化就是人们在体验的基础上形成概念的心理活动,等同于意义(Langacker,1990a)。因此,语言表达式的意义,就是语言在读者的脑中激活的概念化过程;而语法作为象征结构,则赋予了概念化这个隐蔽的心理过程一个可见的结构和形式。由于语言结构和概念结构之间具有象似性的联系,因此语言结构上的支离破碎也就象征着概念结构的混乱,往往揭示着说话者的即时心理和认知特点。

> **例 5.16**
>
> **Aimless he chose with agitated aim, bald Pat attending, a table near the door.** Be near. At four. Has he forgotten? Perhaps a trick. Not come: whet appetite. I couldn't do. **Wait, wait. Pat, waiter, waited.** (219)
>
> a. 他对自己的目的感到兴奋,在秃头帕特侍奉下,随随便便选了一张靠近门口的桌子。好挨得近一点儿。四点钟。难道他忘记了不成?兴许是玩花样。不来了:吊吊胃口。我可做不到。**等啊,等啊。帕特,茶房,侍奉着。**(萧译,330)
>
> b. 他茫无目标地,由秃头派特伺候着,精神紧张、目标明确地选择了门边的一张桌子。靠近一些。四点。难道他忘了吗?也许是一种手段吧。不来了:吊吊胃口。我可做不到。**等待,等待。侍者派特等待着。**(金译,416)
>
> c. 漫无目标,他心神不宁、目标明确地选定了,由秃头派特领着,靠近门口的一张桌子。靠近了。四点钟。难道他忘了?可能是个把戏。不来了:吊吊胃口。我可做不到。**等候,等候。派特,侍候者,侍候着。**(试译)

例5.16中的首句在结构形式上有一个突出的特点,即谓语动词"chose"与后面的宾语"table"之间插入了一个独立主谓结构"bald Pat attending",同时句首中的"aimless"和"aim"之间(aimless he chose with agitated aim)形成了明显的矛盾修饰,这些形式上的中断和语义上的矛盾恰好反映了布卢姆此刻内心的矛盾和不安。原文描写了布卢姆走进情敌博伊岚(Boylan)正在用餐的酒店时的行为和心理变化过程:开始时他显得"漫无目标",在选择座位时却有了一个目标,并在侍者的侍奉下走向了门口的桌子。布卢姆的选择过程之所以"心神不宁",因为他脑海中真正"目标"是Boylan,这个在等待着和他的妻子莫莉约会的花花公子。萧译将"agitated"译为"感到兴奋"显然不太吻合布卢姆当时的心境,同时整个句子结构自然流畅,没有在形式上表现人物内心的动荡不安。金译的语言结构有所不同,"漫无目标"明显前置,不合常规地远离了所修饰的谓语动词,再加上另两个修饰语"精神紧张"和"目标明确"的阻隔,整个句子结构显得不工整,象似性地表现了人物内心的混乱。试译在金译的基础上进行了改译,在形式上更靠近原文,再现了原文句法结构中谓语动词chose和宾语table之间的时空阻隔,从而强化了不连贯的句法形式与忐忑不安的人物心理之间的象似性关联。此外,原文末尾连续出现了"wait"及其派生词"waiter",这些词形式相似、语义双关("等待"或"侍奉"),表面上是指酒店的侍者,其实也可以视为对博伊岚和莫莉即将偷情行为的影射,两人在"等待"着(wait)"被侍奉"(waited)。萧译和金译分别将原文最后的"wait""waiter""waited"译为"等啊""茶房,侍奉着"和"等待""侍者""等待着",未能体现原文这些词之间的语音相似和语义双关,从而失去了通过布卢姆的语言游戏来呈现其心理的可能性。试译则将这几个词分别译为"等候""伺候者""伺候着",尽可能体现原文这些词在语音和语义两个方面的相互联系。

2. 独立象似性

独立性象似性,是指一个表达式在语言形式上的分离性与它所表示的物体或事件在概念上的独立性相对应,有时也称为分离性动因(separativeness motivation)。Haiman是最早全面研究句法象似性的学者,他曾明确指出"一个独立的单词表达一个独立的实体;而一个附着词素表达独立实体的可能性会更小。一个独立的小句表达一个独立的事件;而一个缩减的小句表达一个独立事件的可能性会更小"(Haiman,1985)[140]。可见,独立象似性可以表现在词汇和小句等不同的句法层面。由于语言结构与概念结构之间的象似性关系,语言结构上的各种层级和修饰关系也就表征着概念之间的层级和依靠关系。在《尤利西斯》中,由于作者在语言结构上的大胆实验,所创造的一些超越常规的句子打破了句法成分也就是概念之间的常规联系,从而产生了特定的认知效果。

> **例5.17**
>
> And a call, **pure**, **long and throbbing**. Longindying call. (210)
> a.**清纯、悠长**的颤音。好久才息的呼声。(萧译,320)
> b.又一声呼唤,一声悠长而震颤的纯音。久久方息的呼声。(金译,400)
> c.又一声呼唤,**清纯、悠长、颤悠悠**。久久方息的呼声。(试译)

通常而言,名词表示物体,形容词表示物体的属性,由于属性总是基于物体才存在,因此,名词相对于形容词而言具有更高的独立性。在英语的语言结构上,这种概念上的独立性就表现为名词可以单独出现或充当核心词,而形容词只能用来修饰名词,并通常出现在名词的前面。但例5.17中,黑体部分的形容词摆脱名词词组中的附属地位,独立成后置修饰词,其独立的地位使其意义得到突显,并且由于形容词后面常见的名词的"缺席"(实为前置),整个句子产生了余味无穷的语义延绵的阅读感受。萧译和金译都将形容词置于名词前,重新变成了名词词组的修饰语,语义重心从原来对声音性质的描写(清纯、悠长、颤悠悠)转向了声音本身,失去了原文的"余音袅袅"的感觉。

正如前面所提到的那样,在认知语法中概念化相当于意义,因此意义的理解和表达都是一个概念加工的动态认知过程,其背后涉及的是动态注意力(dynamic attention),即一个人的注意力能够从头到尾沿着一个场景移动(Croft, 2006)[53]。Langacker将这种概念化或意义加工过程中注意力移动的现象称为"心理扫描"(mental scanning),并根据移动方式的不同可分为两种:顺序扫描(sequential scanning)和总体扫描(summary scanning)(Langacker, 2000)[362]。由于语言结构和概念结构之间的象似性联系,表达式的语序就决定了阅读过程中注意力的移动的次序和方向;而表达式中的独立成分往往成为心理扫描过程中注意力聚焦的对象。在同一个表达式中,作者有时会同时利用独立象似性和顺序象似性来营造特定的文体效果。

例5.18

Moving through the air high spars of a threemaster, her sails brailed up on the crosstrees, **homing**, **upstream**, **silently moving**, a silent ship. (42)

a. 一艘三桅船上那高高的桅杆正在半空中移动着。**这艘静寂的船,将帆收拢在桅顶横桁上,静静地逆潮驶回港口。**(萧译,56)

b. 一艘三桅船的桅杆桁架正在半空通过,帆都是卷在横木上的,**返航溯流而上,无声地移动着,一艘无声的船舶。**(金译,86)

c. 半空中移动着一艘三桅船的桅杆,帆卷在横木上,**返航,溯流而上,寂静地移动着,一艘无声的船。**(试译)

例5.18可以视为认知文体学中所谓的"花园路径句"(garden-pathing sentence),阅读过程中读者需要不断修正自己之前的预判和期待,有时甚至要返回重读才能完成对全句的理解。初次阅读过程中会对"homing""upstream""silently moving"的理解发生改变,首先会发现它们既可能修饰"spars",又可能修饰sails,但到句末"a silent ship"出现时,才发现前两种理解似乎都不妥,倾向于认为前面那些形式上独立的成分修饰的是"a silent ship",这也让后者成为读者心理扫描的终点和聚焦点之一。这种阅读体验会使人联想到斯蒂芬在海边看船时经历的从局部到整体的认知过程,即先看到空中高高的桅杆,然后看到横木上的帆,最后才看到船。萧译由于将原文改译为两句,同时改变了原文的语序(如将"这艘寂静的船"从句末移到句首)和独立的成分,因此没有保留原文体现的认知过程和多重阐释的可能性。金译则基本保留了原文的形式特点,较好了体现了原文的顺序和独立象似性;但将"三桅船"从分句的末尾置于句首,改变了原文从空中到三桅船的扫描顺序,在一定程度上简化了原文的认知过程。

3. 数量象似性

由于世界是多维而复杂的,用一维的语言来表达复杂的概念时往往要进行线性延展,用更多的符号表达复杂的概念。雅克布森(Jakobson)很早就发现了象似性与标记性(markedness)之间的联系,认为词汇形式上的标记程度越高,相应的意义也就越复杂,例如,不同语言中的形容词比较级和最高级中包含的词素都比其原形更多(Jakobson,1965)[29]。Lakoff和Johnson也认为,形式多意味着内容多,即形式与信息内容之间存在着数量上的对应关系。(Lakoff,Johnson,1980)[127] Hiraga明确提出了数量象似性,认为语言形式的量与形式所表达意义的量之间存在着象似性关系。(Hiraga,1994)[11]语言形式的复杂性往往反映概念上的复杂性;一般而言,相对简单的概念普遍由相对简单的语言形式表达,而相对复杂的概念则普遍由相对复杂的语言结构表达。(张敏,1998)[153]

作为一种常见的象似性原则,数量象似性普遍存在于词汇和句法等不同的层面。《尤利西斯》中最明显的例子就是awayawayawayawayaway(3.405)endlessnessnessness(11.750)Steeeeeeeeeeeephen(15.629)Doooooooooooog(15.4711)Gooooooooooood(15.4714)等乔伊斯杜撰的词,通过词素或字母的重复来表达意义强度的增加或声音的延续。这些语例都属于映像象似符,形式与意义之间有着直接的相似关系,汉语译本中也大多通过汉字的重复来表现原文中的这种数量象似性。与这些映像象似符不同,句法层面往往使用拟象象似符来表现数量象似性,形式与意义之间的相似关系比较抽象,但具有明显的文体效果。王寅(2000)曾讨论了象似性与文体之间的联系,认为数量象似性常表现出重复、叠句、对称、排比、双关等文体特征。例5.19是小说中基于语言排比和对称的数量象似性的一个典型例子。

例5.19

Miss Kennedy **sauntered sadly** from bright light, **twining a loose hair** behind an ear. **Sauntering sadly**, gold no more, she **twisted twined a hair**. Sadly she **twined in sauntering gold hair** behind a curving ear. (212)

a. 肯尼迪小姐悲戚地从明亮的光线底下慢慢腾腾地**踱**了回来,边捻着散在耳后的一缕乱发。她悲戚地边**溜达**边连捎带捻着那已不再在太阳下闪着金光的头发。她就这样一面**溜达**着一面悲戚地把金发捻到曲形的耳后。(萧译,322)

b. 肯尼迪小姐悲哀地背着亮光**轻挪**几步,手指把一根散开的头发捻向耳后。**缓缓的步子**,悲哀的她,捻着一根头发,已非金色。悲哀地,她**缓步**捻

金发,撩向耳朵曲线的后面。(金译,403)

c. 肯尼迪小姐**伤感地缓步**走出明亮的阳光,搓捻着耳后一丝散乱的秀发。**缓步伤感地**走着,金黄的亮光已逝,她搓捻揉捏着一丝秀发。**伤感的缓步**中她将金黄的头发捻向了耳后的曲线。(试译)

例5.19由三个语义上基本相同的完整的句子重复和排比组成,读起来有着回环反复的音乐美。仔细分析原文就会发现,这里的音乐性首先来自语言结构的对称性,三个句子中的绝大部分成分在其他句子中都能找到相对应的词语。其中很多直接是各种各样的重复,例如作者运用了句式的重复(Miss Kenney/she twined a hair),主要词语的重复("saunter sadly"重复3次,"twine hair"重复3次,"behind ear"重复2次,"gold"重复2次,"she"重复2次)等多种手段,营造了一种反复咏叹的节奏感和音乐美。尽管三句中的主要词语和语义基本相同,但由于这些词语在句子中充当的语法成分、空间位置以及一些次要成分都有着细微的变化,因此语言重复之中又富有变化、回环往复中并不显得单调。此外,原文三句虽然都不长,但句内都重复运用语音手段产生了丰富的音响效果,如"saunter"和"sad""twist"和"twine"之间的头韵,"twine"和"behind"之间的谐音;"bright"和"light"以及"hair"和"ear"之间的尾韵,分开来读就是一行行韵律齐整的诗句。再来看各个译文的翻译效果。首先,在萧译中,三句的主语都同样被置于句首位置,没有体现原文主语的灵活性,因此在句式上显得单调;其次,萧译在断句(即标点的使用)上缺乏变化,例如,原文第三句中有三个逗号,而译文则一句到底,再加上译文添加了"边……边……""一面……一面……"等累赘的表达,使句子整体显得冗长、缺乏原文的节奏和变化。相对而言,金译在语言结构上更靠近原文,基本体现了原文的句式和节奏的变化。但是,原文中的回旋反复的声音效果在两个译文中都没有得到很好的体现。当然,由于英、汉音义以及韵律方面的巨大差异,翻译中没法做到同样的音韵效果,但声音的和谐和共鸣的效果还是大致可以有所体现的。例如,在试译的第一句话中,就反复出现了"ang"(如"伤""亮""阳光")和"an"(如"感""缓""捻""散乱")等音,而且这些音在后面的句子也同样会反复出现,模仿了原文诗歌般的反复咏叹的效果。

5.4 小　　结

正如朱光潜先生所指出的,"有文学价值的作品必是完整的有机体,情感思想和语文风格必融为一体,声音与意义也必欣合无间。所以对原文忠实,不仅是对浮面的字义的忠实,对情感、思想、风格、声音节奏等必同时忠实"(朱光潜,2009)[530]。作品的文学价值,就根本而言,依赖于文本的语言形式,形式一旦改变,文学性也就可能会随之消失。这就是形式对于翻译的重要意义。然而,文学风格的翻译中,译者的兴趣既不应仅在原文的内容,又不应仅在原文的形式,而是再现原文的形式与意义的互动中作用于读者的认知效果。由于传统文学翻译观念中,大多数都是重意义、轻形式,本章从语音、书写、句法三个层面的象似性的讨论就是对这种传统观念的一个反动,强调语言形式与意义之间的互动关系,揭示形式的重构对于翻译中再现原文风格所具有的核心价值。同时,通过《尤利西斯》中具体译例的分析,我们尝试揭示乔伊斯创造性语言形式背后的可能动机,阐释了文本各个层面的象似性所体现的认知效果和思维风格,认识到不同语言形式所产生的"言有尽而意无穷"的文体效果。

基于语言象似性所产生的文体效果,有赖于读者对形式和意义之间相似性的认识。象似性,如同美一样,需要读者有审美的眼光,能够感知文本意义与文本表达形式之间的相似之处。Givon也曾指出,"认识两个实体之间的'相似性',需要认知的大脑具有相似性意识"。(Givon, 1985)[190]对译者或翻译批评而言,象似性理论则提供了这种意识,为文体风格的翻译提供了更细致的工具和理论框架。然而,由于象似性具有主观心理性质,对由此产生的效果的感受也会因人而异,所以,同译者本身的敏感和训练也密切相关。正如Leech和所言,"要具有真正的创造性,艺术家必须具有破坏性,破坏各种规则、习俗和期待。但在这个意义上,作家的创造性也要求读者具有创造性,读者必须利用自己的联想逻辑来填充意义上的空白",而象似性的翻译研究则有望为这种联想提供明确的方向和工具Short(Leech, Short, 2001)[29]。

第6章

思维风格表征之叙事视角及其翻译

在文学界,现代主义长期以来一直被视为文学史上最具革命性的文学运动之一。美国著名文论家埃德蒙·威尔逊(Edmund Wilson)对1870~1930年的文学潮流进行梳理时指出,以乔伊斯等人为代表的现代主义作家"在文学界成功地引发了一场足以与科学界和哲学界的革命相媲美的文学革命"。在现代主义小说中,最具标志性的写作特征之一就是对人物的意识的呈现,为小说这一文学体裁的发展带来了革命性的变化。也许正因为如此,一提到现代主义小说,人们往往会立刻想到意识流小说,甚至会在两者之间画上等号。然而必须认识到,对人物内心意识的描写并非是意识流小说的首创。在传统作家的文学作品中,对于人物心理或意识的各种细致描写其实并不鲜见。例如,莎士比亚的戏剧《哈姆莱特》中那段著名的"to be or not to be"的独白,就直接呈现了人物的内心活动;而在现实主义作家的作品中,则可以找到更多对人物心理的细微刻画。那么,与传统写作相比,以意识流为代表的现代主义小说在人物意识呈现方面到底表现出怎样的革命性呢?显然,这其中的一个重要方面就是小说的叙事技巧。例如,Eysteinsson在《现代主义概念》一书中曾明确指出,"在叙事中整个现代主义问题表现得尤其重要和突出,因为现代主义的美学倾向注定会反对任何传统意义上的叙事性概念、叙事发展或故事叙述"(Eysteinsson, 1990)[187]。

这就引出了本章将要讨论的几个主要问题:作为意识流小说的巅峰之作,《尤利西斯》是通过怎样的叙事形式来表现人物的思维风格的?与传统写作相比,这些叙事形式具有怎样的创造性?这些创新会对翻译造成怎样的挑战?下面将以叙事视角这一叙事学的核心概念为切入点,在简介叙事视角与思维风格关系的基础上尝试对上述问题进行回答。

6.1 叙事视角

叙事视角是叙事学中的核心概念,同时也是文体学中广受关注的话题。1955年,弗雷德曼(Friedman)在"小说中的视角"一文中详尽地区分了8种不同的视角类型:① 编辑性的全知,叙述者常站出来;② 中性的全知,叙述者不站出来;③ 第一人称见证人叙述;④ 第一人称主人公叙述;⑤ 多重选择性的全知,包括直接展示人物的思想、知觉和情感的人物叙事;⑥ 有选择的全知,即固定人物的有限视角;⑦ 戏剧方式,仅叙述人物的外部言行,无内心思想活动;

⑧ 摄像方式(Friedman,1955)。他对视角的分类略显多而杂,且对部分视角界定不清。另一位重要的叙事学者热奈特则在《叙事话语》一书中提出了"聚焦"(focalization)概念来代替"视角",并将 Friedman 的八分法简化成三大聚焦模式:一是零聚焦或无聚焦;二是内聚焦,又具体细分为固定式内聚焦,转换式内聚焦和多重式内聚焦;三是外聚焦。热奈特的另一个重要贡献是区分了"叙述声音"和"叙事眼光"。简单而言,叙述声音是指叙述者的声音;叙事眼光则指充当叙事视角的眼光,既可以是叙述者的,又可以是人物的眼光。当人物的眼光充当叙事视角的眼光时,该人物被称为"聚焦人物"(focal character)。同时,在该书中热奈特还提出要区分所讲的故事(narrative)和讲故事的叙述行为(narration),即后来 Chatman(1978)所说的"故事"(story)和"话语"(discourse)这两个重要的叙事学概念。

同时,在文体学中,视角也是研究者关注的一个焦点。1973年俄国语言学家 Uspensky 在《结构诗学》一书中提出,"视角"是文学文本的重要结构因素,并且比较全面地区分了意识形态、词语、时空和心理这四个层面的视角。受 Uspensky(1973)的影响,Fowler(1977,1986)和 Simpson(1993)不仅分析了视角的分类,而且探讨了文本中构成不同视角的文本特征。Short(1996)也详细列举了叙述语篇中体现视角的七个语言特征。Mcintyre(2006)从认知诗学的视角讨论了戏剧等文学作品中不同视角的语言表征和认知效果。

由于叙事学和文体学都使用了视角这一概念,所以,"叙事视角至少有两个常用的所指,一是结构上的,即叙事时所采用的视觉或感知角度,它直接作用于被叙述的事件;二是为文体上的,即叙述者在叙事时通过文字表达或流露出来的立场观点、语气口吻、它间接地作用于事件"(申丹,1998)[185]。虽然这两个含义难以截然分开,但从前述文献可以看出,在叙事学和文体学研究中显然各有侧重。由于本文立足于认知文体学理论,下面将侧重从文体的角度讨论叙事视角和思维风格的关系。

6.2　叙事视角与思维风格

"思维风格"的概念是 Fowler(1977,1986,1996)在讨论叙事视角时首先提出来的。在《语言学与小说》(1977)一书中,Fowler 认为,视角的含义之一是指态度,人们在运用语言进行叙述时总是无可避免地流露出对所述事物的观点和

态度,累积起来就"把呈现的世界划分成这样或那样的模式,于是产生了世界观的印象,称之为'思维风格'"。在这里,Fowler的"思维风格"概念所指的特定视角所揭示的世界观,强调的是集体或者说民族的思维风格在个人话语中体现。同时,在该书同一章的随后部分中,Fowler在分析叙事的内部视角时,又在另一层含义上讨论了思维风格,即小说人物个人的思维风格。他以《尤利西斯》中的一个片段为例,认为作者在采用内部视角叙事时,通过词汇和句法等手段可以"模仿人物的思维结构""表现人物思维的风格"。在他后来的著作《语言学批评》(1986/1996)中,Fowler基于Uspensky的思路,对叙事视角进行了更全面地分类,并重点分析了心理层面和意识形态层面的视角。Fowler认为,意识形态层面的视角和思维风格"这两个概念是对等的"(Fowler,1996)[214],同时将心理层面的视角分为内视角和外视角两大类,每一大类中又包含两种小的类型。这些类型分别是内视角的A类型,即直接展现人物意识的视角,包括自由间接话语、内心独白、意识流等;内视角的B类型,即全知作者视角;外视角的C类型,即中立的、客观化的第三人称叙事,不能获得人物内心感觉和观点;外视角的D类型,即带叙事者个人色彩的外部视角。

虽然Fowler在其著作中倾向于在"世界观"的意义上定义"思维风格"概念,但后来的认知文体学家则更倾向于从"心理自我"的意义上来分析思维风格。例如,Semino和McIntyre都曾对思维风格的这两层意义进行了区分,强调思维风格指的是后一层意义(Semino,2002[97];McIntyre,2006[143]);Stockwell也明确指出,"意识形态视角是个人所表达的社会共有的文化和政治立场,而他们的思维风格则是更加个人的、私有的主观视点"(Stockwell,2009)[124],并指出前者属于社会集体层面,后者属于个人心理层面。如果遵循认知文体的途径,从个人心理的角度来理解思维风格,那么,最直接展示人物思维风格的叙事视角无疑是内视角。具体而言,就是Fowler所说的内视角的A类型,即人物意识视角,包括自由间接话语、内心独白、意识流等叙事形式。

当然,这不意味着其他的叙事形式不会展现思维风格。正如Leech和Short所指出的那样,"世上没有哪种写作可以被视为完全中立和客观的",因此所有的语言表达都会表现出偏离程度不同的思维风格。同样,所有的视角都会表现出一定的思维风格,只是有些视角更直接而已。事实上,Cohn在《透明的思维》(1978)一书中将小说中呈现人物意识的叙事模式进行了系统的分析。在第三人称叙事中,她区分了三种表现人物意识的叙事方式,分别为心理叙述(psycho-narration)、引述的独白(quoted monologue)和叙述的独白(narrated monologue)。其中,心理叙述是表现人物意识最间接的叙事方式,是叙事者对人物的意识进行全知式的描写；引述的独白是最直接的方式，指的其实就是"内心独白"（interior monologue），但作者认为"内心"是个多余的修饰语，因为意识的"独白"显然来自内心而且被认为是无声的，因此加了"引述"作为修饰语。而叙述的独白则处于最直接和最间接的两种叙事方式之间，类似于自由间接引语，既拥有叙述的特点，又保留了人物自己的内心话语，因而"在语言上，它是这三种叙事技巧中最复杂的一种"（Cohn，1978）[14]。与Cohn类似，Leech和Short（1981）也对小说中呈现人物思想的方式进行了从最间接到最直接的分类，包括思想叙述体、间接思想、自由间接思想、直接思想、自由直接思想等，与言语的不同叙述方式一一对应。正如申丹教授在该书的导读中所指出的，"因为表达言语和思想的几种引语方式完全相同""西方学者在讨论引语形式时，一般未对人物的言语和思想进行区分"。然而，小说中的人物思想与人物言语在语言表现形式上有没有区别呢？像《尤利西斯》这样的意识流小说在表现人物内心世界时到底具有怎样的叙事特点呢？

6.3 《尤利西斯》的叙事视角和思维风格的翻译

乔伊斯先生是精神主义者。他不惜任何代价来揭示内心火焰的闪光，那种内心的火焰所传递的信息在头脑中一闪而过，为了将它记录保存下来，乔伊斯先生鼓足勇气，把似乎是外来的偶然因素统统扬弃……（伍尔芙，1986）[9]。

伍尔芙对乔伊斯的评论，其实也代表着现代主义作家的艺术追求，那就是寻求隐藏在外在真实背后的内在真实，挖掘人物内心世界，捕捉心灵的闪光。为了达到这个目标，现代小说在叙事上的一个重要变革就是用人物视角取代了作家视角。在传统小说中，通常由作家本人充当叙事者，采用一种全知叙事模式，小说中随处可见的是作家个人的个性和立场，文本世界中的一切都烙上了作家明显的标记。正如热奈特所指出的，"现代小说求解放的康庄大道之一，是把话语模仿推向极限，抹掉叙述主体的最后标记，一上来就让人物讲话"（热奈特，1990）[115]。与传统作者的叙事不同，现代小说中的人物叙事，让读者从一开卷就有可能面对人物的思想，看到人物的眼光所观察到的世界。用人物眼光取代了作者眼光以后，"叙述声音与叙事眼光就不再统一于叙述者，而分别存在于故事外的叙述者与故事内的聚焦人物",即叙述者的声音加上聚焦人物的眼光（申丹，1998)[201]。在有些时候，叙述者甚至在在叙述话语中直接采用聚焦人物的语言的方式，这时，叙述声音在一定程度上也就成了聚焦人物自己的声音，或者说成了叙述者与聚焦人物的声音的杂合，产生一种复调的叙事效果。如果说由于新的叙事眼光和叙事声音的引入而产生"复调叙事"是意识流等现代小说的一大叙事特点，那么它在叙事上的另一大特点自然就是意识流的描写本身了。而这两大特色所代表的叙事形式上的创新并非是为创新而创新的游戏，而是意在揭示人物的内心世界或其意识流动的动态过程。下面将结合《尤利西斯》中的具体案例，从复调叙事、意识流、叙事视角与人物的思维风格三个方面来讨论叙事形式的创新所揭示的思维风格及其带来的翻译挑战。

6.3.1 复调叙事

复调叙事，简单而言就是指在文本中出现的不同叙事声音，包括叙事者和不同聚焦人物的声音。Hogan曾指出：

《尤利西斯》的默认叙事模式涉及一个全知叙事者，处于一定的时空限制中。叙事者通常聚焦于斯蒂芬和布卢姆，能直达人物的内心，并将人物内心的思维或话语与对外部世界的独立报告相结合。(Hogan, 2013)[91]

在《尤利西斯》中，这种聚焦人物的内心话语和叙事者声音的结合通常表现在两个层面。一个是文本的宏观结构层面，《尤利西斯》的前三章主要以斯蒂芬为聚焦人物，其余的章节则主要以布卢姆为聚焦人物，这些章节常出现叙事者声音和聚焦人物声音的杂合，同时还会夹杂着其他各种人物的叙事声音或内心话语，因而整个小说的叙事形成了一个多维的复调叙述。而我们这里要关心的则是一种微观层面的复调叙述，是指作者通过叙述者声音和聚焦人物的内心话语的操纵而在文本局部营造的一种声音杂合的语言效果。最常见的手法就是，叙事者在一句话的叙述中使用聚焦人物常用的词汇或句式，从而使该部分叙述具有了人物的眼光和声音，使人物的意识渗透到对周遭事物的描述中，从而在文本局部产生声音杂合的复调效果。Kenner曾将这种带有人物特色的叙述技巧称为"查尔斯大叔原则"（Uncle Charles Principle），即"叙述中的词语不一定属于叙事者"(Kenner, 1978)[18]。他认为这种叙述形式会形成不同话语之间的"对话"或"戏仿"，具有类似于巴赫金所说的"杂语"(hybridisation)的幽默效果。同时，通过将人物的意识渗透到叙事话语中，叙述的过程中表现了人物对周遭事物的情感和评价，在直接引语和内心独白之外展现了人物的内心活动，从而极大地拓展了人物的意识领域。

> **例6.1**
>
> He watched her pour into the measure and thence into the jug rich white milk, **not hers. Old shrunken paps.** (12)
>
> a. 他望着她先把并**不是她的**浓浓的白奶倾进量器,随后又倒入罐里。**衰老干瘪的乳房。**(萧译,12)
>
> b. 他看着她**把奶**灌进量杯,然后又从量杯倒入奶壶,浓浓的纯白的奶,**不是她的。衰老干瘪的乳房。**(金译,20)
>
> c. 他看着她灌进量杯然后又倒进罐子,浓浓的纯白的奶,**不是她的。衰老干瘪的乳房。**(试译)

声音的杂合或者说复调常以人物的词汇和句式为标志,有时则产生句法上的显著偏离。例6.1中描写了斯蒂芬在观察老妇人倒牛奶的动作,句尾的"not hers"和下一个片段句"Old shrunken paps"显然是斯蒂芬在观察的同时内心产生的联想。前面的观察采用的是叙述者的声音,而后面的内心联想则直接使用了人物的内心话语,两种声音同时出现在一个句子中,但又用逗号隔开,在句法空间上存在着一定的距离。斯蒂芬的内心话语"not hers"被不合乎句法地置于句尾,一方面暗示着这个成分是独立于叙述声音之外的人物声音,同时人物的观察和联想在同一句中出现又象征两者之间的即时关系。从整个句子来看,叙述者首先描述了斯蒂芬观察到老妇人从奶壶中倒出鲜奶,然后描述斯蒂芬联想到这奶"不是她的",再联想到她"干瘪的乳房",整个思维变化过程清晰可见,且具有一定的连贯性。根据句法的顺序象似性原则,句法成分排列的先后顺序体现了心理扫描的过程;原文第一句句末的"not hers",在句法形式上处于连接前后两句的枢纽位置,因此在原文构建的思维过程中,也发挥了承上启下的连贯作用,标志着人物观察的结束和联想的开始。就整个句子的叙事而言,前面的观察部分是叙述者的声音,后面的则是人物话语的自由直接引用,从而"not hers"也标志着两种声音变化的开始。可见,原文对常规句法的偏离,是原文叙事的连贯性和叙事效果赖以产生的物质基础。在翻译过程中,原文叙事风格的再现在很大限度上取决于对原文句法形式的保留。就两个译文而言,萧译由于对原文的句法尤其是"not hers"的位置进行了调整,将原文中这个独立的成分纳入前面的叙述之中,从而将原文第一句中的两种声音变成了叙事者一个人的声音,不但失去了原文的杂语所具有的幽默效果,同时也失去了展示人物内心思维过程的机会,从而使现代小说的复调叙事变成了传统小说的单调叙述。同时,萧译中的这种句法调整,由于将句尾"不是她的"(not hers)整合进了句子的前面部分,句尾失去了与下一句衔接的成分,因此两句之间的连贯效果也没有原文明显。由于金译基本保留了原文的句法形式,因此在叙事风格上显然更接近原文。但略显美中不足的是,原文中"rich white milk"作为新信息出现在句尾,而金译却在句子开头的部分就将这个信息表达出来("她把奶灌进"),既没有体现原文的心理扫描的顺序,同时和句尾的"浓浓的纯白的奶"形成了部分的重复。试译则在金译的基础上进行了改译,尝试全面体现原文的信息结构和思维风格。

申丹(1998)曾指出,"变换人物话语的表达方式成为小说家用以控制叙述角度和叙述距离,变换感情色彩及语气的有效工具"。同样,在例6.1中,作者在叙述话语和人物话语之间的变换也生动地表达了人物的即时感受,体现了斯蒂芬对老妇人的态度。事实上,叙事话语与人物的自由间接引语之间的自由转换是现代主义叙事的一个突出特点,"在语言上,这就表现为不同类型的叙事话语在句法上的融合,例如,对行动的描述与自由间接引语的融合"(Sorirova,2013)[32]。这种"句法上的融合"程度往往象征着概念间的紧密关系。如果说例6.1中,先后出现了叙述者声音和人物声音在句中由于逗号的隔离还有着清晰可辨的边界,那么在另外一些情境中句法融合的程度会更高,因而声音杂合的效果也更明显。

例6.2

His hand looking for the **where did I put** found in his hip pocket soap **lotion have to call** tepid paper stuck. **Ah soap there I yes.** Gate. (150)

a. 他一边用手摸索着*那不知放到哪儿去了的东西*,一边念叨着*还得去取化妆水*。在裤兜里找到了肥皂,上面粘着温吞吞的纸。**啊,肥皂在这儿哪。对,**来到大门口了。(萧译,211)

b. 他的手寻找着那个**我放在哪儿了**终于在后裤袋里找到香皂**还得去取美容剂**微温的纸粘住了。**啊香皂在那儿!对了。**大门。(金译,280)

c. 他的手正找着那个**我放哪儿了**在后裤袋里找到了香皂美容剂**还得去拿**微温的纸粘住了。**啊香皂在那儿我对了。**大门。(试译)

前面谈到,当代认知科学,包括认知语言学在内,反对笛卡儿式的思维和外部世界简单二分的传统观点,强调人的思维的体验性。近年来兴起的"共生认知理论"(Enactive Cognition)在体验哲学的基础上更进一步,提出"人类思维的现状是由与外部环境交织的程度决定的。思维不是寄居在内部;相反,在人类努力驾驭社会和物质环境的过程中,它是在人类与环境的动态互动中苗生的"(Herman,2011)[254]。受共生认知理论的启发,Herman从认知的角度对现代主义叙事进行了全新的阐释,认为"现代主义叙事描绘出一幅全新的思维地图;这些文本(伍尔芙、乔伊斯等人的作品)使人们将思维想象成分布的水流,与世界上的各种情形、事件和过程交织在一起而不是相互隔离,思维不再被视为笛卡儿所说的与外隔绝的中间地带了。"无疑共生认知所提倡的思维观是与我们的日常体验相符合的,即我们的思维是在我们与周遭环境的互动过程中产生的,意识与互动的环境之间有着相伴相生的关系。虽然Herman并没有提供具体的文本分析,但我们发现《尤利西斯》中的确存在大量描写人物的动作和意识相伴相生的语例。例6.2就是其中之一。

从叙事视角来看,例6.2的首句在第三人称外部视角中杂合了第一人称的内部视角,因此叙事声音中杂合了人物的内心话语,生动地表现了人物找东西的动作和内心话语之间的互动和共生。后面两句则直接转为第一人称内部视角,运用自由间接引语,直接进入了人物的内心话语世界。从语言形式来看,这里的叙述话语与人物话语之间的转变主要是通过不合乎语法的句式和人称代词的变化等(如 the where did I put)来体现的。然而,萧译中,第一句中不合语法的语言形式没有得到保留,第三人称外部视角和第一人称内部视角相杂合的叙事形式变成了传统的第三人称叙事("他一边……一边……"),抹去了人物的内心意识在句中的直接呈现,因而没有再现原文中对布卢姆行动和思维交替变化过程的描写。金译的第一句显然再现了原文的语言的不合语法性,呈现了两种叙述声音和视角的混杂,但后面两句中,省略了"I"没译,失去了表现布卢姆不连续的思维风格的一个文本特征。

Sorirova(2013)在讨论呈现意识的小说叙事技巧时指出,19世纪的小说,即使采用类似于现代主义小说中那种人物视角和叙事者视角相互交替的叙事方法,也通常会保持语法上的连贯性,无论是叙事话语,还是描写人物思想都是如此,话语之间的转换没有明显的语法上的标志;而现代主义小说在使用口语化的语言来表现人物意识时,尤其是表现前语言状态的思维和模仿个人思维的简略风格时,常表现出语法上的不连贯。因此,可以说,如例6.2所示,语法的不连贯是现代主义小说中不同叙事视角或叙事声音转换的重要语言标志。此外,除了前面两例所讨论的叙事者声音和聚焦人物声音之间的杂合以外,在同一句中还会出现不同人物声音之间混杂。

> **例6.3**
>
> Down the edge of his *Freeman* baton ranged Bloom's, **your other eye**, scanning for **where did I see that**. (229)
>
> a. 布卢姆**用另一只眼睛**,将卷成指挥棒形的《自由人报》浏览到下端,想查明**那是在哪儿见到的**。(萧译,341)
>
> b. 布卢姆的**你那另一个眼**沿着他那《自由人报》槌子的边缘往下看,寻找着那条**我在哪儿看到的**。(金译,436)
>
> c. 沿着他的《自由人报》纸棒的边缘布卢姆的,**你那另一只眼**,向下浏览查找着**我在哪看到了那**。(试译)

对于音乐与诗歌之间的密切联系,乔伊斯比20世纪的其他文学家有着更深刻的认识(Burgess,1973)[90]。乔伊斯既是一个诗人、文学家,又是一位语言学家和音乐家。虽然文学不像音乐有明显的空间因素,无法采用多声部和和声等手段来营造复调效果,但乔伊斯对文字在语音、语义、句法等方面具有的音乐潜质深有研究,也成为他在《尤利西斯》写作中的有意识的追求。文字的音乐效果,其本质就在于差异中的重复所产生的效果。在《尤利西斯》中,乔伊斯有意识地制造语音、单词、短语、句式以及意象等的重复,产生音乐中回环往复的旋律感。例6.3就出现在《塞壬》这个以音乐为主题的章节中,"your other eye"本是吧台的Douce小姐打趣布卢姆的眼睛时的一句玩笑话,但这句话在这一章的叙述和人物话语中反复重现,既可以视为布卢姆的潜意识中对自身犹太人身份的敏感,同时也造成了文本中不同人物的话语始终在场的复调效果。在例6.3中,除了吧台小姐的话语外,还有布卢姆自身的内心话语,但不同之处在于前者被逗号隔开,显得相对独立和突出,而后者则和叙述话语融合得更紧密些。比较两个译文,可以看到萧译"修正"了原文中语法不连贯现象,省略了"you"和"I"等明显标识视角转移的人称代词,同时将布卢姆片段性的内心话语译成了完整的句子("那是在哪里见到的")。这种改译无疑降低了读者的理解难度,但同时也失去了领略乔伊斯精心营造的复调叙事效果的机会。相对而言,金译在这两个方面都更接近原文,但由于将"你那另一个眼"前置且融入叙述话语中,显得比较突兀。根据句法的顺序象似性,原文可以解读成布卢姆在报纸上查找信息过程中联想到吧台小姐的戏谑,而金译则没有提供这种解读的可能。事实上,顺序象似性是乔伊斯营造复调叙事效果时经常采用的语言手段,前文曾经有所讨论,但例6.4中表现得更具创造性。

例 6.4

Dribbling a quiet message from his bladder came to **go to do not to do there to do**. A man and ready he drained his glass to the lees and walked, **to men too they gave themselves, manly conscious, lay with men lovers, a youth enjoyed her**, to the yard. (145)

a. 从他的膀胱里点点滴滴地透出无声的信息,**去解吗?不去解啦,不,还是去解了吧**。作为一个男子汉,他拿定了主意把杯中物一饮而尽,然后起身走到后院去。**边走边想:她们觉得自己就像是男人,但也曾委身于男人们,并且跟相恋的男人们睡觉。一个小伙子曾享用过她**。(萧译,205)

b. 来自他的膀胱里的静悄悄的点滴信息,**需要去那个不那个那边去那个**。是凡夫的需要他把酒连渣喝干然后举步,**她们也委身凡人,自己有男性感,和凡夫情人睡觉,她就让一个青年玩了**,走向院子里。(金译,270)

例 6.4 描写的是布卢姆在酒店喝酒后去小解时的行动和当时的内心思想,两个句子中都属于复调叙事,既有叙事者对布卢姆的行为的描述,也有布卢姆本人当时的内心话语(即两句中的黑体部分)。先看原文第一句中的"go to do not to do there to do"的翻译,虽然两个译文都将其处理为人物内心话语,但萧译通过问号和逗号等标点符号的使用,将原文人物内心的含混话语清晰化,同时将 do 的语义显化为"解",无疑忽视了乔伊斯所要表现的内心意识的含混不清的特点。金译则在形式和语义(如将"do"译为"那个")两个方面较好地再现了原文的叙事风格。再看第二句。原文中的"walked…to the yard"属于叙事者的声音,但叙述者的叙述声音被中途打断,在"walked"和"to"两个词中间插入了布卢姆的内心话语(即黑体部分)。在一个话语中插入另一个话语,象似性地表明这两个话语几乎是同时发生的平行叙事,是作者在叙事形式的大胆革新,形象地表现了布卢姆"走路去院子"(walk to the yard)的同时想到了关于仙女的故事(即原文第二句中的黑体部分)。萧译则使用了传统的叙事语言"边走边想"的特点对这种平行叙事进行了解释,将乔伊斯形式上的革新变为常规叙事。金译通过打破"举步……走向院子里"这句叙事的连贯性,在句子中间插入布卢姆的内心话语,通过类似的句法形式变革生动地再现了布卢姆一边走路一边想入非非的心理状态。

6.3.2 意识流

除了叙事声音的混合以外,现代主义作家还尝试着对人物的精神活动的展开过程做出更精细的再现，于是出现了意识流的描写。"意识流"一词可能最早由英国心理学家亚历山大·贝恩（Alexander Bain）提出，并出现在其主要心理学著作《感觉和智力》（*The Senses and The Intelect*，1855）一书中。后来，美国著名心理学家威廉·詹姆斯（William James）在《论内省心理学所忽略的几个问题》（1884）一文中也使用了该词，并在《心理学原理》（1890）一书中进行了具体的阐释，认为"意识"是人脑对于客观物质世界的反映，是感觉、思维等各种心理过程的总和。詹姆斯强调，人的意识是流动的，如同河流或者溪流，"我们可以称之为思维之流、意识之流或者主观生活之流"（James，1981）[233]。由于威廉·詹姆斯的广泛影响，"意识流"逐渐成为现代心理学的一个主要术语，以致不少人将其视为该概念的发明者。但"意识流"一词与现代主义小说的"联姻"则直到1918年才发生。当年4月，英国作家和文学批评家梅·辛克莱（May Sinclair）在《利己主义者》（*The Egoist*）上发表评论文章，首次在文学批评领域使用了"意识流"一词，用以描述英国作家多萝西·理查逊（Dorothy Richardson）的小说《尖屋顶》（*Pointed Roofs*）中出现的崭新的文学风格，从而不仅使该小说成为英语文学史上首部完全采用意识流手法的小说，同时也使"意识流"逐渐成为文学创作和文学批评的热门话题，被视为现代主义文学的一个主要特征。

意识流，简而言之，就是一种特定类型的内心独白（interior monologue），即有一定篇幅的自由直接话语（Prince，2003）[94]。那么意识流与传统小说心理描写有什么不同呢？对于这个问题，Humphrey（1954）曾指出：

> 意识指心理注意力的全部领域，从前意识到各个层面的大脑意识，直到包括最高级别的理性和可交流的意识。最后一个领域是所有心理小说最关注的。意识流小说与所有其他心理小说的不同之处恰恰在于它最关注更早期的、处于注意力边缘的那些层面而不是话语化的理性。

随后，Humphrey（1954）明确将意识流小说定义为"那些以揭示人物心理为主要目的并将基本侧重点放在探索前语言层面的意识的小说"。同样，李维屏（1996）也对意识流与传统的心理描写进行了比较，认为意识具有流动性，因而意识流显得交错重叠、杂乱无章；而传统小说描写的人物思维具有逻辑性，表现为在一定的时间和明确的空间中有序展开。既然意识流要表现的主要是一种杂乱无章的前语言意识，那么在描写语言上会表现出怎样的特点呢？又会给翻译带来哪些挑战呢？《尤利西斯》中最有名的一段意识流莫过于最后一章中女主人公莫莉的长篇内心独白，这也是整部小说中唯一一个完全由人物的内心独白构成的章节。这段30多页的内心独白中，可以看出，莫莉躺在床上辗转反侧，在梦与醒之间浮想联翩，任由恍惚迷离的意识流自由流淌。由于人物的内心独白生动地展现了其个性心理,因此将在后面讨论人物的思维风格翻译时再具体讨论。下面以布卢姆的一小段内心独白的翻译为例,简短分析意识流语言的特点,如例6.5所示。

> **例6.5**
> Brings out the darkness of her eyes. **Looking at me, the sheet up to her eyes**, Spanish, smelling herself, when I was fixing the links in my cuffs. (69)
> a. **那**会使她的眸子显得格外乌黑。当我扣着袖口上的链扣的时候,**她**把被单一直拉到眼睛底下望着我,一派西班牙风韵,**并**闻着自己的体臭。(萧译,98)
> b. 衬托出她眼睛的深色。被单盖到鼻子边,露出眼睛望着我,西班牙风韵的,带着她特有的体香,我在扣我袖口上的链子。(金译,131)

例6.5中仅有两句话,但都不是完整的句子。第一句是省略了主语的简单句,第二句则完全由词组和从句构成,语法上没有主句,其余的句法成分之间结构松散,语义上缺乏连贯性。Sorirova(2013)曾指出,"语法的不连续性是内心独白的最显著的特征,使其能够以一种更自然和真实的模式来表现人物的意识"。因此,原文语言的不合句法性是意识流语言的一个共同特征,有助于表现人物意识的断断续续又绵延不尽的特点。但在萧译中,译者补充了原文没有的主语"那""她"和逻辑关系词"并",并将when引导的时间状语根据汉语表达的习惯进行了前置,使整个译文不但结构完整,语义清晰,而且自然流畅。但从思维风格来看,译文无疑失去了意识流语言所表现的思维的跳跃性和模糊性等特点。而金译则基本保留了原文的句式和思维风格。

6.3.3 叙事视角与人物的思维风格

人物塑造,无论是对于传统小说还是现代小说,始终是文学家们着力表现的主要内容,也是其艺术成就的主要标志。对于读者而言,文学阅读的主要趣味之一,就是在文本世界中遭遇一个个活灵活现的人物,了解他们的生活经历和内心世界。而对于《尤利西斯》这样的意识流小说而言,展现的几个普通人物一天(准确而言是18个小时)的生活经历,没有起伏跌宕的故事情节,只有吃喝拉撒睡的生活细节,所以其志趣追求主要在于表现人物的内心世界,用伍尔芙的话说就是要抓住人物心灵的闪光。

《尤利西斯》中人物众多,而且个性鲜明,由于采取了人物叙事的方式,读者经常能够直接走入人物的内心世界,了解人物的思想意识,感受他们的喜、怒、哀、乐。换而言之,即乔伊斯在小说中频繁地使用了不同的聚焦人物,而每个聚焦人物都表现出程度不同的鲜明的思维风格。在阅读小说时,我们会遇见凡夫俗子的布卢姆、玄思妙想的诗人斯蒂芬、纯洁矫情的戈蒂、言行放浪的莫莉等人。我们先来看表现布卢姆的思维风格的例子。

例6.6

Mr Bloom reached **Essex** bridge. Yes, Mr Bloom crossed bridge of **Yessex**. To Martha I must write. Buy paper. Daly's. Girl there civil. Bloom. 215

a. 布卢姆先生走到**埃塞克斯桥**跟前。是啊,布卢姆先生跨过**耶塞克斯桥**。我得给玛莎写封信。买点信纸。达利烟店。那里的女店员挺殷勤的。(萧译,326)

b. 布卢姆先生走到了**埃塞克斯**的桥。哎,布卢姆先生过了**爱色克斯**的桥。我得给玛莎写信。买纸。戴利公司。那家的姑娘有礼貌。(金译,409)

例6.6属于复调叙事,前面两句是叙事者描述布卢姆在去餐馆的路上,紧接着后面则是布卢姆的内心话语,对自己可能的艳遇浮想联翩。有意思的是,原文的前面两句明显体现了布卢姆的眼光,句中两个桥名都暗含了"sex"一词,表现出这个广告员的内心世界始终离不开"色"这个主题。萧译将两个桥名分别译为"埃塞克斯桥"和"耶塞克斯桥",并没有表现出布鲁姆眼中的"色",金译使用的"爱色克斯"则有一定程度的再现。除了这种个性化的叙事词语以外,作者还会在叙事中采用特定的句法形式来体现人物的思维风格。

例6.7

Immortal lovely. And we stuffing food in one hole and out behind: food, chyle, blood, dung, earth, food: have to feed it like stoking an engine. **They have no. Never looked.** I'll look today. Keeper won't see. **Bend down let something drop see if she.** (145)

a. 不朽的丽质。然而我们是往一个孔里填塞食品,又从后面排泄。食物,乳糜,血液,粪便,土壤,食物。得像往火车头里添煤似的填塞食品。**女神们却没有。从来没见过。**今天我倒要瞧一瞧。管理员不会理会的。**故意失手掉落一样东西,然后弯下身去拾,好瞧瞧她究竟有没有。**(萧译,205)

b. 神仙的美。而咱们呢,从一个窟窿塞进食物,从后面一个出来:食物、乳糜、血液、粪便、泥土、食物：不能不象给火车头添煤那样不断地喂。**她们没有**。从来没有注意过。今天我要看一看。管理员不会看见的。**弯下腰去**，掉了什么东西。看看她到底有没有。(金译，270)

例6.7是布卢姆在酒店用餐时想到图书馆的女神雕像后而激发的一段内心独白，其句法形式上的最大特点就是省略句的使用。省略的成分主要有句子的主语和宾语，甚至是句子中的谓语动词。这些省略句有着电报语言的简短和思维上的跳跃。在布卢姆的内心独白中，这样的省略句经常会大量地出现，使布卢姆内心丰富的思想和意象能够在较短的篇幅时空内得到展现。由于句子内部成分的省略以及句与句之间连贯的缺失，这些密集出现的省略句常常象征着布卢姆思维和表达上的仓促和不成熟。句法上的残缺象征着人物在思维和表达的流畅性和连贯度上都存在问题，似乎布卢姆在急促之间来不及有效组织自己的语言，一句话刚开头或到中间就跳到另一话题上。两个译文基本上都保留了布卢姆的省略句的特点，因而他的跳跃性和片段性的思维特点都得到了比较成功的再现。

和布卢姆相比，斯蒂芬的内心话语不仅在用词上更富有诗意，喜欢用一些抽象艰深的词语，而且在思维的深度和广度方面都远远超过了布卢姆，为后者所不及。一个典型例子就是斯蒂芬的思维和表达中常常会广泛地引经据典，并出现大量的语言游戏。例如，本书第5章中的例5.7和例5.10分别是斯蒂芬和布卢姆对爱情的想象，显然布卢姆的思维和语言都没有超越日常生活，显示了芸芸众生中的一个凡夫俗子的形象；而斯蒂芬的语言更具诗意，而且思想上更有玄思的深度。

除了布卢姆和斯蒂芬，《尤利西斯》中出现的另一个主要人物就是布卢姆的妻子莫莉。莫莉没有接受多少教育，是一个心直口快、行为放浪的女人，她的个性表现在语言上最突出的特点就是健谈之中又语无伦次。在莫莉的长篇意识流语言中，整个行文几乎没用标点，毫无停顿之处，整个读起来奔放流畅；但使用的语言都是夹杂着方言俚语的日常口语，句法结构松散凌乱、语义不清、缺少逻辑。乔伊斯用来表现莫莉内心独白所使用的语言，在很多方面可能受他的妻子诺拉写信时使用的文字的启发，如不用标点、句法松散、情感奔放等，同时也符合传统观念中对受教育程度较低的女性的成见，即感性多于理性或话多见识少。尽管这种观点后来受到了女性主义研究的批评，但在乔伊斯的时代则比较普遍。例如，与《尤利西斯》同一年出版的语言学著作《论语言》(1922)一书中，同时代的著名语言学家Jespersen就认为男女性使用的语言存在着差异，相比较而言,女性的词汇量更小、句法结构更简单、喜欢用连续多个"and"串连的句子等。有趣的是,这种用"and"串接起来的结构松散的并列句,在最后一章莫莉的意识流中就反复重现。例6.8展现了其中的一个小片段。

> **例 6.8**
>
> ... **and** the vague fellows in the cloaks asleep in the shade on the steps **and** the big wheels of the carts of the bulls **and** the old castle thousands of years old **yes and** those handsome Moors all in white **and** turbans like kings asking you to sit down in their little bit of a shop **and** Ronda with the old windows of the posadas **2 glancing eyes** a lattice hid for her lover to kiss the iron and … (643)
>
> a. 阴暗的台阶上　睡着一个个裹着大氅的模模糊糊的身影　**还有**运公牛的车子那好大的轱辘　**还有**几千年的古堡　对啦　还有那些漂亮的摩尔人　全都像国王那样穿着一身白　缠着头巾　请你到他们那小小店铺里去坐一坐　**还有**龙达　客栈那一扇扇古老的窗户　窗格后藏着一双**明媚的流盼**好让她的情人亲那铁丝格子(萧译,525-526)
>
> b. 阴暗处**影影绰绰**常有人裹着斗篷躺在台阶上睡觉**还有**运公牛的大车轮子真大**还有**几千年的古堡真的**还有**英俊的摩尔人穿一身白衣服脑袋上缠着头巾国王似的气派小不点儿的铺子还请你坐下**还有**朗达西班牙客楼古老的窗户两只窥视的眼睛在格子窗后隐匿情人只好吻铁条(金译,1072)

在例6.8中,这些并列句的语义常常不够连贯、小句与小句之间没有明显的逻辑关系,只是通过"and"连接起来在句法形式上勉强成句,在语义上显然具有想到哪说到哪的无拘无束和散漫铺张。正如Sorirova所言,"现代主义作家为了刻画心理中还未被完全词语化的思维、感受和情感,常常在呈现人物思维时打破句法和话语连贯性"(Sorirova, 2013)[40]。Herman也同时指出,《尤利西斯》的最后一章的叙述中,"乔伊斯对标点的省略意在表现莫莉思维活动的一种原始的、未经过滤的呈现"(Herman, 2011)[248]。因此,可以说,这些意识流的语言特征显示了莫莉在半睡半醒状态下的意识游离不定、混沌不清的心理特点,是作者对前语言状态的意识的直接模仿。

再来看译文。萧译的一大特点就是采用中间留白的方式,根据词语间语义联系的紧密程度将译文分割成长短不同的意群。这样一来,原本杂乱无章、混沌不清的意识流变得相当有序和清晰起来;而金译则基本保留了原文的形式,展现了毫无节制、奔流不已的意识流或者说词语流。另外,两个译文都使用了"还有"来翻译"and",有助于表现原文想到哪说到哪近乎口语的随意和散漫;但美中不足的是,译者对原文意识流的口语特点似乎体会不深,在译文中常出现书面语的正式和工整。例如,在词语方面,萧译用"明媚的流盼"来译"glancing eyes",金译则用"影影绰绰"来表现"vague",都具有较浓的书面语色彩。在句式上,两个译文也常把原文松散的句法译成比较精致的汉语。以例6.8中首个语义片段为例,原文"the vague fellows in the cloaks asleep in the shade on the steps"中,首先出现想到的对象是the vague fellows,然后连用了四个修饰成分进行补充说明,体现了口语或者意识中主要信息在前、次要信息在后的句法特点,译成汉语相当于"那些模糊不清的家伙裹着斗篷睡在阴暗的台阶上";而萧译在语序安排上和原文恰好相反,译成了"阴暗的台阶上睡着一个个裹着大氅的模模糊糊的身影",将大量修饰语前置而核心词到最后才出现,则有着书面语中圆周句的精致和雕琢,很难想象这是近乎文盲的莫莉梦呓般的意识流语言。

6.4 小 结

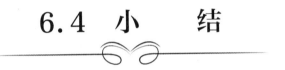

Sorirova(2013)曾指出,"意识流小说与传统小说的区别并非意识流小说以一个或几个人物的意识为主题,而是采用不同的语言手段来表现人物的意识"。《尤利西斯》中,小说的叙事语言通常以人物眼光为叙事眼光,叙事话语中常出现聚焦人物的声音,表现出声音的杂合、内心独白和意识流等叙事形式和特点。由于意识流小说意在真实再现人物的前语言状态的深层意识,与传统小说叙事相比,《尤利西斯》在叙事形式上的最大不同就在于作者常使用不合语法规则的语言来表现人物意识流的无序和含混不清。对于翻译而言,这些叙事形式的创新会带来一定的挑战,主要在于它突破了一般文本语言对语法和可读性方面要求,导致译者忽略了这些语言形式上的非语法性所具有的叙事功能。通过《尤利西斯》中的译例分析表明,只有在译文中保持这些非常规的叙事形式及其语法特点,才能有效再现原文的叙事效果和思维风格。

参考文献

[1] ANDERSON W. 1990.Reality isn't what it used to be[M]. San Francisco:Harpers.

[2] ATHANASIADOU A, TABAKOWSKA E. 1998. Speaking of emotions:conceptualization and expression[C].Berlin:Mouton de Gruyter.

[3] BAKER M. 2000. Towards a methodology for investigating the style of a literary translator [J]. Target,12(2):241-266.

[4] BAKER M. 2006.Translation and conflict:a narrative account[M].London:Routledge.

[5] BANFIELD A.1982. Unspeakable sentences:narration and representation in the language of fiction [M]. Boston:Routledge & Kegan Paul.

[6] BENJAMIN A. 1989.Translation and the nature of philosophy[M]. London & New York:Routledge.

[7] BENSTOCK B. 1991.Narrative contexts in Ulysses[M]. Urbana & Chicago:University of Illinois Press.

[8] BERLIN B, KAY P. 1969. Basic color terms[M]. Berkeley:University of California Press.

[9] BERMAN A. 2009. Toward a translation criticism:John Donne[M]. Ohio:The Kent State University Press.

[10] BERNAERTS L,HERMAN D L,VERVAECK B. 2013.Stories and minds:cognitive approaches to literary narrative[M]. Lincoln & London:University of Nebraska Press.

[11] BLOOM A H. 1981.The linguistic shaping of thought:a study in the impact of language on thinking in China and the west[M]. New Jersey:Lawrence Erlbaum Associates Publishers.

[12] BOASE-BEIER J. 2003.Mind style translated[J]. Style,37(3):253-65.

[13] BOASE-BEIER J.2004.Translation and style:a brief introduction[J]. Language and Literature,13(3):9-11.

[14] BOASE-BEIER J. 2006.Stylistic approaches to translation[M]. Manchester:

St. Jerome.

[15] BOASE-BEIER J. 2011. A critical introduction to translation studies[M]. London/New York: Continuum.

[16] BOCKTING I.1994. Mind style as an interdisciplinary approach to characterization in Faulkner[J]. Language and Literature,(3):157-174.

[17] BOSSEAUX C. 2004. Point of view in translation: a corpus-based study of French translations of Virginia Woolf's To the Lighthouse[J]. Across Languages and Cultures,5(1):107-122.

[18] BOSSEAUX C. 2007. How does it feel? point of view in translation: the case of Virginia Woolf into French[M]. Amsterdam & New York.

[19] BRONE G, VANDAELE J. 2009. Cognitive poetics: goals, gains and gaps [C]. Berlin: Mouton de Gruyter.

[20] BROWN R. 1976. Reference in memorial tribute to Eric Lenneberg[J]. Cognition,4:125-153.

[21] Burgess A. 1973. Joysprick: an introduction to the language of James Joyce [M]. London: Andre Deutsch Limited.

[22] CAMERON L, GRABAM L. 1999. Researching and applying metaphor[M]. Cambridge: Cambridge University Press.

[23] CHATMAN S.1971. Literary style: a symposium[M]. Oxford: Oxford University Press.

[24] CHESTERMAN A. 2009. The name and nature of translator studies[J]. Hermes – Journal of Language and Communication Studies, 42.

[25] COCKERILL H.2006. Style and narrative in translations: the contribution of Futabatei Shimei[M]. Manchester & Kinderhook(NY): St. Jerome Publishing.

[26] COHN D. 1978. Transparent minds: narrative modes for presenting consciousness in fiction[M]. Princeton: Princeton University Press.

[27] COOK G. 1994. Discourse and literature[M]. Shanghai: Shanghai Foreign Language Education Press.

[28] COSTANTINO M, FISCHER O, HERLOFSKY W J. 2005. Outside-in: inside-out[C]. Amsterdam/Philadelphia: John Benjamins.

[29] CULLER J.2002. Structuralist poetics[M]. London: Routledge.

[30] DANCYGIER B. 2011. The language of stories: a cognitive approach[M]. Cambridge: Cambridge University Press.

[31] DAVIE D. 1955. Articulate energy: an inquiry into the syntax of English

poetry[M]. New York: Somerset.

[32] DEANE P.1995. Metaphor of center and periphery in Yeats' The Second Coming[J]. Journal of Pragmatics, 24(6):627-642.

[33] DEIGNAN A.2005. Metaphor and corpus linguistics[M]. Amsterdam/Philadelphia:John Benjamins.

[34] DI J. 2001. Shamrock and chopsticks: James Joyce in China: a tale of two encounters[M]. Hong Kong:City University of Hong Kong Press.

[35] ECO U.1989. The aesthetics of chaosmos: the middle ages of James Joyce [M]. Tr. by E. ESROCK. Cambridge:Harvard University Press.

[36] EMANATIAN M.1995. Metaphor and the expression of emotion: the value of cross-cultural perspective[J]. Metaphor and Symbolic Activity, 163-182.

[37] EYSTEINSSON A. 1990. The concept of modernism[M]. Ithaca: Cornell University.

[38] FEDERICI F.2009. Translation as stylistic evolution: Italo Calvino creative translator of Raymond Queneau[M]. Manchester & Kinderhook(NY): St. Jerome Publishing.

[39] FÓNAGY I. 2009. Double coding in speech[J]. Semiotica, 3:189-222.

[40] FOWLER R.2003. Linguistics and the novel[M]. London:Methuen.

[41] FOWLER R.1996. Linguistic criticism[M]. Oxford:Oxford University Press.

[42] FRIEDMAN N.1955. Point of view in fiction: the development of a critical concept[J]. PMLA, 70(5):1160-1184.

[43] FRIEDRICH U, SCHMID H. 1996. An introduction to cognitive linguistics [M]. New York :Longman.

[44] GAVINS J, STEEN G. 2003. Cognitive poetics in practice[C]. London and New York:Routledge.

[45] GEERAETS D, CUYCKENS H. 2007. The Oxford handbook of cognitive linguistics[C]. New York: Oxford University Press.

[46] GENETTE G. 1980. Narrative discourse[M]. Trans. J. E. Lewin. Ithaca: Cornell University Press.

[47] GENTZLER E. 2004. Contemporary translation theories[M]. Shanghai: Shanghai Foreign Language Education Press.

[48] GENTZLER E. 2008.Translation and identity in the Americans:new directions in translation theory[M]. London:Routledge.

[49] GIBBS R W J. The poetics of mind: figurative thought, language, and un-

derstanding[M]. Cambridge:Cambridge University Press1994.
[50] GIBBS R W J, COLSTON H L. 2012. Interpreting figurative meaning[M]. Cambridge:Cambridge University Press.
[51] GIBBS R W J. 2008.The Cambridge handbook of metaphor and thought[M]. Cambridge : Cambridge University Press.
[52] GILBERT S. 1952.James Joyce's Ulysses: a study[M]. New York: Alfred·A·Knopt.
[53] GOLDBERG A E.1995.Constructions: a construction grammar approach to argument structure[M]. Chicago and London: The University of Chicago Press.
[54] GOLDBERG A E.2006. Constructions at Work: the nature of generalization in language[M]. Oxford:Oxford University Press.
[55] GUOHUI L. 2007. Pragmatic and cognitive studies of linguistic phenomena [M] . Chongqing:Chongqing University Press.
[56] GOTTFRIED R K. 1980. The art of Joyce's syntax in Ulysses[M]. London & Basingstoke:The University of Georgia Press.
[57] GUTT E A. 2004. Translation and relevance: cognition and context[M]. Shanghai:Shanghai Foreign Language Education Press.
[58] HAIMAN J. 1985. Natural syntax: iconicity and erosion[M]. Cambridge: Cambridge University Press.
[59] HAIMAN J.1985. Iconicity in syntax[C]. Amsterdam:John Benjamins.
[60] HALVERSON S. 2003. The cognitive basis of translation universals[J]. Target,15(2):197-241.
[61] HATIM B, MASON I. 1990. Discourse and the translator[M]. Shanghai: Shanghai Foreign Language Education Press.
[62] HERMAN D.2003.Narrative theory and the cognitive sciences[C]. Stanford: CSLI Publication.
[63] HERMAN D.2011. The emergence of mind:representations of consciousness in narrative discourse in English[C]. Lincoln & London: University of Nebraska Press.
[64] HERMAN D.2013.Storytelling and sciences of mind[M]. The MIT Press.
[65] HERMANS T.1996.The translator's voice in translated narrative[J]. Target, (1):23-48.
[66] HERMANS T.1999.Translation in systems: descriptive and system-oriented

approaches explained[M]. Manchester: St. Jerome Publishing.

[67] HIRAGA M K. 1994.Diagrams and metaphors: iconic aspects in language[J]. Journal of Pragmatics, 22: 5-21.

[68] HIRAGA M K.2005.Metaphor and iconicity: a cognitive approach to analyzing texts[M]. New York: Palgrave Macmillan.

[69] HOGAN C P.2013. How authors' minds make stories[M]. Cambridge: Cambridge University Press.

[70] HOGAN C P. 2014. Ulysses and the poetics of cognition[M]. New York/London: Routledge.

[71] JAKOBSON R. 1971. Quest for the essence of language[A]. In Selected Writings II, The Hague: Mouton, (1965): 157-64.

[72] JAMES H. 1985. The Norton anthology of American literature[C]. W. W. Norton, New York, Second Edition, (2): 434.

[73] JAMES W. 1981.The principles of psychology[M]. Cambridge, Mass: Harvard University Press.

[74] JESPERSEN O. 1924. The philosophy of grammar[M]. London: Gorge Allen & Unwin Ltd.

[75] JOHNSON M. 1987. The body in the mind: the bodily basis of meaning, imagination, and reason[M].Chicago: The University of Chicago Press.

[76] JOYCE J. 2008.Ulysses[M].London: The Bodley Head.

[77] KENNER H.1978.Joyce's voices[M].London: University of California Press.

[78] KNOWLES S D G.2001. The Dublin helix: the life of language in Joyce's Ulysses[M]. Florida: University Press of Florida.

[79] KÖVECSES Z.1986.Metaphors of anger, pride, and love: a lexical approach to the structure of concepts[M]. John Benjamins.

[80] KÖVECSES Z. 1988. The language of love: the semantics of passion in conversational English[M]. Lewishburg, PA: Bucknell University Press.

[81] KÖVECSES Z.1990.Emotion concepts[M]. New York: Springer-Verlag.

[82] KÖVECSES Z. 2000. Metaphor and emotion: language, culture, and body in human feeling[M].Cambridge: Cambridge University Press.

[83] KÖVECSES Z. 2005. Metaphor in culture: universality and variation[M]. Cambridge: Cambridge University Press.

[84] LAKOFF G.1987. Women, fire & dangerous things[M]. Chicago: The University of Chicago Press.

[85] LAKOFF G, JOHNSON M.1980. Metaphors we live by[M]. Chicago: The University of Chicago Press.

[86] LAKOFF G, JOHNSON M. 1999. Philosophy in the flesh: the embodied mind and its challenge to western thought[M]. New York: Basic Books.

[87] HOLLAND D, QUINN N.1987. Cultural models in language and thought [M]. Cambridge: Cambridge University Press, 195-221.

[88] LAKOFF G, TURNER M. 1989. More than cool reason: a field guide to poetic metaphor[M]. Chicago: The University of Chicago Press.

[89] LANGACKER R.1987. Foundations of cognitive grammar. Vol. Ⅰ: theoretical prerequisites[M]. Stanford: Stanford University Press.

[90] LANGACKER R. 1991. Foundations of cognitive grammar. Vol Ⅱ: descriptive application[M]. Stanford: Stanford University Press.

[91] LANGACKER R.2008. Cognitive grammar: a basic introduction[M]. Oxford: Oxford University Press.

[92] LANGACKER R W. 2007. Ten lectures on cognitive grammar by Ronald Langacker[M]. Beijing: Foreign Language Teaching and Researching Press.

[93] LAWRENCE K. 1983. The odyssey of style in Ulysses[M]. Princeton: Princeton University Press.

[94] LEECH G. 2001. A linguistic guide to English poetry[M]. Beijing: Foreign Language Teaching and Research Press.

[95] LEECH G. 1974. Semantics[M]. New York: Pelican/Penguin Books.

[96] LEECH G, SHORT M. 2001. Style in fiction: a linguistic introduction to English fictional prose[M]. Beijing: Foreign Language Teaching and Research Press.

[97] LEECH G, SVARTVIK J. 2003. A communicative grammar of English[M]. London & New York: Routledge.

[98] LEFEVERE A. 2004. Translation, rewriting and the manipulation of literary fame[M]. Shanghai: Shanghai Foreign Language Education Press.

[99] LEMON L T, REIS M J.1965. Russian formalist criticism: four essays[C]. Lincoln: University of Nebraska Press.

[100] LODGE D. 2002. Consciousness & the novel: collected essays[M]. Massachusetts: Harvard University Press.

[101] MALMKJÆR K. 2003. What happened to God and the angels: an exercise in translational stylistics[J]. Target, (1): 37-58.

[102] MALMKJÆR K.2004.Translational stylistics:Dulken's translations of Hans Christian Andersen[J].Language and Literature,(1):13-24.

[103] MARCO J. 2004. Translating style and styles of translating Henry James and Edgar Allan Poe in Catalan[J]. Language and Literature,(1):73-90.

[104] MAURANEN A, KUJAMÄKI P. 2004. Translation universals: do they exist?[M]. Philadelphia:John Benjamins.

[105] MCINTYRE D.2006.Point of view in plays:a cognitive stylistic approach to viewpoint in drama and other text-types[M]. Philadelphia:John Benjamins Publishing House.

[106] MCINTYRE D,ARCHER D. 2010.A corpus-based approach to mind style [J]. Journal of Literary Semantics,39(2):167-182.

[107] MODRAK E. 2001.Aristotle's theory of language and meaning[M]. Cambridge:Cambridge University Press.

[108] MUKAROVSKY J.1970.Standard language and poetic language[M]. Freeman D. C.

[109] MUNDAY J. 2008.Style and ideology in translation[M]. London and New York:Routledge.

[110] NANNY M,FISCHER O. 1999.Form miming meaning: iconicity in language and literature[M]. Philadephia:John Benjamins Publishing House.

[111] NEWMARK P. 1988. A textbook of translation[M]. New York: Prentice Hall.

[112] OLOHAN M.2004.Introducing corpora in translation studies[M]. London: Routledge.

[113] PALMER A. 2004. Fictional mind[M]. Lincoln & London: University of Nebraska Press.

[114] PALMER A. 2010. Social minds in the novel[M]. Columbus: Ohio State University Press.

[115] PARKS T.2007.Translating style:a literary approach to translation,a translation approach to literature[M]. 2nd ed. Manchester & Kinderhook (NY): St. Jerome Publishing.

[116] PEIRCE C S.1931.Collected papers of Charles Sanders Peirce[C]. Charles Hartshorne & Paul Weiss. Cambridge:Harvard University.

[117] PILKINGTON A.2000.Poetic effects: a relevance theory perspective[M]. Amsterdam:Benjamins.

[118] PINKER S.1994. The language instinct: the new science of language and mind[M]. New York: Penguin Books.

[119] PYM A.2008. Beyond descriptive translation studies[M]. Philadephia: John Benjamins Publishing House.

[120] PYM A.2010.Exploring translation theories[M]. London: Routledge.

[121] RICCARDI A.2002. Translation studies: perspectives on an emerging discipline[M]. Cambridge: Cambridge University Press.

[122] ROBINSON D.2001. Who translates? Translator subjectivities beyond reason[M]. Albany: State University of New York Press.

[123] ROBINSON D.2006.Western translation theory from Herodotus to Nietzsche[M]. Beijing: Foreign Language Teaching and Research Press.

[124] ROJO A, ANTUNANO I I. 2013.Cognitive linguistics and translation[C]. Berlin: Mouton de Gruyter.

[125] RUSSELL J A, et al. 1995.Everyday conceptions of emotion[C]. Dordrecht: Kluwer.

[126] SALDANHA G.2005. Style of translation: an exploration of stylistic patterns in the translations of Margaret Jull Costa and Peter Bush[D]. Dublin: Dublin City University.

[127] SALDANHA G. 2011. Translator style: methodological considerations[J]. The Translator,17(1):25-50.

[128] SAUSSURE F. 2011. Course in general linguistics[M]. Beijing: Foreign Language Teaching and Research Pres.

[129] SCHAFFNER C.2007.Translation and norms[C]. Beijing: Foreign Language Teaching and Research Press.

[130] SEBEOK T A.1960.Style in Language[C]. Cambridge Mass: MIT Press. 1-27.

[131] SEMIONI D.1998.The pivotal status of the translator's habitus[J]. Target, (1):98-103.

[132] SEMINO E.2007.Mind style 25 years on[J]. Style,(2):153-203.

[133] SEMINO E. 2014. Pragmatic failure, mind style and characterization in fiction about autism[J]. Language and Literature,(3):141-158.

[134] SEMINO E, CULPEPER J.2002. Cognitive stylistics: language and cognition in text analysis[C]. Philadelphia: John Benjamins Publishing Company.

[135] SEMINO E, SHORT M.2004.Corpus stylistics: speech, writing and thought

presentation in a corpus of English writing[M]. London: Routledge.

[136] SEMINO E, SWINDLEHURST K. 1996. Metaphor and mind style in Ken Kesey's one flew over the Cuckoo's nest[J]. Style Springy.

[137] SHORT M. 1996. Exploring the language of poems, plays and prose[M]. London: Longman.

[138] SHORT M. 1999. Graphological deviation, style variation and point of view in marabou stork nightmares by Irvine Welsh[J]. Journal of Literary Studies, 15:3-4, 305-323.

[139] SIMONE R. 1995. Iconicity in language[C]. Philadelphia: John Benjamins Publishing Company.

[140] SIMPSON P. 2004. Stylistics[M]. London: Routledge.

[141] SNELL-HORNBY M. 2006. The turns of translation studies: new paradigms or shifting viewpoints?[M]. Philadelphia: John Benjamins Publishing Company.

[142] STEIN D, WRIGHT S. 1995. Subjectivity and subjectivisation[C]. Cambridge: Cambridge University.

[143] STOCKWELL P. 2002. Cognitive poetics: an introduction[M]. London: Routledge.

[144] STOCKWELL P. 2009. Texture: a cognitive aesthetics of reading[M]. Edinburgh University Press.

[145] STOCKWELL P. 2011. Changing minds in narrative[J]. Style, (45): 288-291.

[146] TABAKOWSKA E. 1993. Cognitive linguistics and poetics of translation [M]. Tubingen: Gunter Narr Verlag.

[147] TALMY L. 2000. Toward a cognitive semantics. Vol. I : concept structuring systems[M]. Cambridge, MA: The MIT Press.

[148] TAN, YESHENG. 2009. Construal across languages: a cognitive linguistic approach to translation[M]. Shanghai: Shanghai Foreign Language Education Press.

[149] TAYLOR J R, MACLAURY R E. 1995. Language and the cognitive constural of the world[C]. Berlin: Mouton de Gruyter.

[150] TOURY G. 2001. Descriptive translation studies and beyond[M]. Shanghai: Shanghai Foreign Language Education Press.

[151] TSUR R. 1992. What makes sound patterns expressive? The poetic mode of

speech perception[M]. Durham and London:Duke University Press.

[152] TSUR R. 1992. Toward a theory of cognitive poetics[M]. Amsterdam: North Holland.

[153] TSUR R. 2003. On the shore of nothingness: a study in cognitive poetics [M]. Exeter:Imprint Academic.

[154] TURNER M.1991.Reading minds:the study of English in the age of cognitive science[M]. Princeton:Princeton University Press.

[155] ULLMANN S.1964. Language and style[M]. Oxford:Blackwell.

[156] USPENSKY B.1973. A poetics of composition: the structure of the artistic text and typology of a compositional form[M]. University of California Press.

[157] VENUTI L.1998. The scandals of translation[M]. London & New York: Routledge.

[158] VENUTI L.2000. The translation studies reader[C]. London & New York: Routledge.

[159] VICTOR E.1955.Russian formalism: history and doctrine[M]. The Hague: Mouton & Co..

[160] VINAY J. P, DARBELNET J.1958. Comparative stylistics of French and English: a methodology for translation[M]. Philadelphia: John Benjamins Publishing Company.

[161] WALES K. 1992. The language of James Joyce[M]. London: Macmillan Education Ltd.

[162] WALES K.2001.A dictionary of stylistics[D]. London:Longman.

[163] WHORF B L. 1956. Language thought and reality: selected writings of Benjamin Lee Whorf[C]. Cambridge: MIT Press.

[164] WILSON E. 1979. Axel's castle: a study in the imaginative literature of 1870—1930[M]. London:Fontana.

[165] WINKLER P. 1983. Investigation of the speech process[C]. Bochum: Brockmeyer.

[166] WOLF M, FUKARI A. 2007. Constructing a sociology of translation[C]. Philadelphia:John Benjamins Publishing Company.

[167] YU N. 1998. The contemporary theory of metaphor: a perspective from Chinese[M]. Philadelphia:John Benjamins Publishing Company.

[168] 埃德娜. 2014.乔伊斯[M].李阳,译. 北京:三联书店.

[169] 戴从容.2014.乔伊斯小说的形式实验[M].北京:中国戏剧出版社.

[170] 方丹,达维德.2003.诗学:文学形式通论[M].陈静,译.天津:天津人民出版社.

[171] 方梦之.2005.英汉翻译基础教程[M].北京:中国对外翻译出版公司.

[172] 冯庆华,穆雷.2008.英汉翻译基础教程[M].北京:高等教育出版社.

[173] 弗里德曼.1992.意识流文学手法研究[M].申丽平,等译.上海:华东师范大学出版社.

[174] 傅雷.2009.致林以亮论翻译书[A]//罗新璋.翻译论.北京:商务印书馆,610-614.

[175] 傅雷.2009.《高老头》重译本序[A]//罗新璋.翻译论集.北京:商务印书馆,623-624.

[176] 傅雷.2009.翻译经验点滴[A]//罗新璋.翻译论集.北京:商务印书馆,692-696.

[177] 高一虹.2000.沃尔夫假说的"言外行为"与"言后行为"[J].外语教学与研究,(5):182-189.

[178] 宫英瑞.2012.叙事语篇人物塑造的认知文体学研究[M].北京:中国社会科学出版社.

[179] 何南林 2008.汉英语言思维模式对比研究[M].济南:齐鲁书社.

[180] 洪堡特,威廉.2009.论人类语言结构的差异及其对人类精神发展的影响[M].姚小平,译.北京:商务印书馆.

[181] 胡壮麟.2009.对语言象似性与任意性之争的反思[J].北京大学学报(哲社版),(3):57-63.

[182] 隗雪燕.2013.从《尘埃落定》中的隐喻看傻瓜少爷的思维风格[J].武汉大学学报(哲社版),(6):123-128.

[183] 李维屏.1996.英美意识流小说[M].上海:上海教育出版社.

[184] 李维屏.2000.乔伊斯的美学思想和小说艺术[M].上海:上海外语教育出版社.

[185] 李小蓓.2013.萧乾文学翻译思想研究[D].上海:华东师范大学.

[186] 连淑能.1993.英汉对比研究[M].北京:高等教育出版社.

[187] 连淑能.2006.中西思维方式:悟性与理性:兼论汉英语言常用的表达方式[J].外语与外语教学,(7):35-38.

[188] 连淑能.2006.英译汉教程[M].北京:高等教育出版社.

[189] 刘宓庆.1991.汉英对比与翻译[M].南昌:江西教育出版社.

[190] 刘宓庆.2006.新编汉英对比与翻译[M].北京:中国对外翻译与出版公司.

[191] 刘世生,曹金梅.2006.思维风格与语言认知[J].清华大学学报(哲学社会科学版),(7):106-114.

[192] 刘世生,朱瑞青.2006.文体学概论[M].北京:北京大学出版社.

[193] 卢卫中.2003.象似性与"形神皆似"翻译[J].外国语,(12):62-69.

[194] 卢卫中.2011.语言象似性研究综述[J].外语教学与研究,(11):840-849.

[195] 陆钦红.2000.声韵传神绘浮世:试评译林版《尤利西斯》的拟声词翻译[J].外语与外语教学,(6):46-49.

[196] 鲁迅.2009.和瞿秋白关于翻译的通信[A]//罗新璋.翻译论集.北京:商务印书馆.

[197] 罗新璋.2009.翻译论集[C].北京:商务印书馆.

[198] 潘文国.1997.汉英语对比纲要[M].北京:北京语言文化大学出版社.

[199] 钱歌川.1981.英文疑难详解[M].北京:中国对外翻译出版公司.

[200] 钱歌川.1984.翻译的技巧[M].北京:中国对外翻译出版公司.

[201] 乔伊斯,詹姆斯.1997.尤利西斯[M].金隄,译.北京:人民文学出版社.

[202] 乔伊斯,詹姆斯 2010.尤利西斯[M].萧乾,文洁若,译.南京:译林出版社.

[203] 瞿世镜.1989.意识流小说理论[C].成都:四川文艺出版社.

[204] 瞿世镜.1991.音乐 美术 文学:意识流小说比较研究[M].上海:学林出版社.

[205] 热奈特,热拉尔.1990.叙事话语 新叙事话语[M].王文融,译.北京:中国社会科学出版社.

[206] 申丹.1995.文学文体学与小说翻译[M].北京:北京大学出版社.

[207] 申丹.2004.叙述学与小说文体学研究[M].3版.北京:北京大学出版社.

[208] 申丹,王丽亚.2010.西方叙事学:经典与后经典[M].北京:北京大学出版社.

[209] 申迎丽,孙致礼.2004.由《尤利西斯》中译本看小说翻译中叙事视角的传译[J].解放外国语学院学报,(9):51-57.

[210] 沈家煊.2001.语言的"主观性"和"主观化"[J].外语教学与研究(7):268-275.

[211] 束定芳.2000.隐喻学研究[M].上海:上海外语教育出版社.

[212] 谭业升.2012.认知翻译学探索:创造性翻译的认知路径与认知制约[M].上海:上海外语教育出版社.

[213] 仝亚辉 2004.《尤利西斯》的意识流语言变异与翻译[J].解放军外国语学院学报,(9):58-64.

[214] 王东风.2006.有标记连贯和小说翻译中的连贯重构:以意识流小说Ulysses的翻译为例[J].外语教学与研究,(6):68-74.

[215] 王东风.2009.连贯与翻译[M].上海:上海外语教育出版社.

[216] 王克非.2012.语料库翻译学探索[M].上海:上海交通大学出版社.

[217] 王青.2010.基于语料库的《尤利西斯》汉译本译者风格研究[D].济南:山东大学.

[218] 王青,秦洪武.2011.基于语料库的《尤利西斯》汉译词汇特征研究[J].外语学刊,(6):53-62.

[219] 王青,刘莉 2014.基于语料库的译者风格研究:词汇型式化在《尤利西斯》汉译本中的体现[J].外语与外语教学,(2):96-104.

[220] 王寅.2000.象似性:取得文体特征的重要手段[J].四川外语学院学报,(4):65-71.

[221] 王寅.2005.认知语言学探索[M].重庆:重庆出版社.

[222] 王寅.2006.论语言的体验性[J].中国外语,(5):56-62.

[223] 王寅.2007.认知语言学[M].上海:上海外语教育出版社.

[224] 王寅.2011.构式语法研究:理论思考[M].上海:上海外语教育出版社.

[225] 王友贵.2000.乔伊斯在中国:1922—1999[J].中国比较文学,(2):98-103.

[226] 王友贵.1998.世纪之译:细读《尤利西斯》的两个中译本[J].中国比较文学,(4):78-89.

[227] 魏望东.2006.思维风格的翻译[J].外语与外语教学,(8):68-79.

[228] 维特根斯坦.1996.逻辑哲学论[M].贺绍甲,译.北京:商务印书馆.

[229] 沃尔夫,本杰明.2001.论语言、思维和现实:沃尔夫文集[M].高一虹,等,译.长沙:湖南教育出版社.

[230] 伍尔芙.1986.论小说与小说家[M].上海:译文出版社.

[231] 萧乾.2005.萧乾全集[C].武汉:湖北人民出版社.

[232] 许国璋.1988.语言符号的任意性问题[J].外语教学与研究,(3):85-96.

[233] 张振江.2007.当代国外"沃尔夫-萨丕尔假说"研究评介[J].青海民族研究,(4):153-168.

[234] 周晔,孙致礼.2009.以残传残,以缺译缺:从《尤利西斯》看"残缺"艺术手法及传译手段[J].外语与外语教学,(6):105-116.

[235] 朱纯深.2004.从句法像似性与"异常"句式的翻译看文学翻译中的文体意识[J].中国翻译,(1):96-109.

[236] 朱建新,孙建光.2011.论意识形态在《尤利西斯》汉译中的影响[J].中国比较文学,(3):86-105.

[237] 朱光潜.2010.诗论[M].长沙:岳麓书社.

后 记

文体学不仅关注文本的意义,而且关注文本中意义的表达方式,而两者对于翻译而言都是至关重要的,因而翻译研究与文体学的联姻是必然的。近年来兴起的认知文体学,由于在认知理论的基础上分析语言形式与阅读效果之间的关系,不仅提高了文体阐释的客观性,而且为语言形式的分析提供了一些新的理论视角和概念工具,其中之一就是思维风格概念。前文曾经提过,Lakoff和Johnson(1999)曾将现代认知科学的主要发现归结为以下三点:① 思维本质上具有体验性;② 思维几乎是无意识的;③ 抽象概念大多为隐喻性的。由于本书意在基于认知理论进行翻译研究,因此本书主体部分的写作也就是结合以上三点结论进行的思考。下面结合这三个方面的思考来总结本书的主要内容和相关的结论。

思维的隐喻性与诗学效果

第3章和第4章讨论的主题其实都涉及概念隐喻的翻译,但前一章以"微笑"构式中动词性隐喻为个案,后一章则以非人称主语为案例。第3章中基于英、汉语料库的"微笑"构式的分析表明,诚如认知语言学家所强调的,概念隐喻普遍存在于不同语言中,而且构成了我们日常思维方式的一部分。同时,"微笑"构式中动词性隐喻的对比分析发现,英、汉语言的隐喻思维方式是同中有异,差异不仅造成了《尤利西斯》中思维风格翻译的常规化倾向,而且往往会造成直译的困难。那么,思维方式的差异是否意味着思维风格的再现是不可能的呢?在第4章中,我们首先强调了民族语言的思维方式和个人语言的思维风格是两个不同的概念,后者强调个人语言相对于常规语言而产生的偏离,提出思维风格的翻译应是再现原文作者的语言表达由于偏离常规而产生的诗学效果。这也就是我们提出的思维风格翻译的基本假设,认为思维风格通常是可译的。后文的非人称主语的案例分析也表明,非人称主语有时会和谓语动词之间构成隐喻关系,常被乔伊斯用来揭示人物的心理状态或营造特定的诗学效果,因而在翻译时应尽量得到再现。

思维的体验性与语言的象似性

第5章聚焦的是语言象似性问题,即认为语言形式与概念结构之间存在着一定的对应关系。正所谓"心生而言立",思维的体验性决定了语言的体验性,无论是语义概念,还是语言形式,都是基于我们自身基本体验的,因而都具有一定的理据性。这是对传统的语言符号任意性观点的有力挑战,也促使我们重新思考语言表达形式所具有的表意潜势和诗学功能。通过对《尤利西斯》中语音、书写和句法三个层面创造性语言的分析,我们认为语言象似性是乔伊斯用来创造特定诗学效果或刻画人物形象的基本手法,体现了乔伊斯的典型风格,因而翻译时应在译文语言形式上重构类似的象似性,以再现原文所呈现的思维风格和诗学效果。

思维的无意识与叙事语言的不合语法性

第6章主要从小说叙事的角度考察了《尤利西斯》中人物思维风格的翻译。与传统小说的心理意识描写不同,意识流小说在叙事形式上大量采用了内心独白和意识流等形式来表现人物的前语言意识。为了模仿这种深层意识的混沌和无序的特点,作家常常使用单字句、片断句、省略句以及各种不合语法的语言表达形式来刻画人物的意识状态或思维特征。因此,这种不合语法的叙事语言是特定思维风格的标志,在翻译中应当得到体现。

主要不足和今后研究方向

思维风格在本质上是文学文本作用于读者产生的阅读效果,属于读者或译者与文本互动过程中产生的文本阐释,因而本研究在分析《尤利西斯》及其译作中的思维风格时难免会带有一定的主观性和个人偏好。此外,由于思维风格涉及文本语言和叙事的各个层面,同时翻译更是涉及复杂的民族语言思维差异的问题,因此本研究只是一个初步探索,以后需要在以下几个方面进一步进行研究:① 基于语料库对英、汉语更多的语言构式进行对比分析,揭示更多民族语言思维方式上的异同及其对思维风格翻译的影响;② 翻译研究中除了关注作者、人物和叙事者的思维风格以外,还应研究译者的思维风格及其语言表现;③ 结合认知理论对更多体现思维风格的语言形式做出描写和解释,分析其翻译的可能性及挑战。